U0831341

collection
挚情 真知 雅意
名家作品中学生典藏版

STUDENT EDITION

LIANG XIAO SHENG collection

梁晓声作品

梁晓声：当代作家，中国作家协会会员，以知青文学成名的代表作家之一。1949 年 9 月 22 日出生于哈尔滨市，现居北京，任教于北京语言大学人文学院汉语言文学专业。1979 年开始发表作品，《这是一片神奇的土地》《父亲》分别获 1982 年和 1984 年全国优秀短篇小说奖，《今夜有暴风雪》获 1984 年全国优秀中篇小说奖。2019 年 8 月，作品《人世间》获第十届茅盾文学奖。

典藏

让我们爱憎分明

中学生典藏版

梁晓声 著

山西出版传媒集团
山西教育出版社

图书在版编目（CIP）数据

让我们爱憎分明 / 梁晓声著 ; 路静文编. —太原 :
山西教育出版社，2020. 1
（梁晓声作品中学生典藏版）
ISBN 978－7－5703－0821－7

Ⅰ. ①让… Ⅱ. ①梁… ②路… Ⅲ. ①散文集－中国
－当代 Ⅳ. ①I267

中国版本图书馆 CIP 数据核字（2019）第 261486 号

梁晓声作品中学生典藏版·让我们爱憎分明

出 版 人 雷俊林
策　　划 潘 峰
责任编辑 刘晓露
复　　审 杨 文
终　　审 郭志强
装帧设计 薛 菲
印装监制 蔡 洁

出版发行 山西出版传媒集团·山西教育出版社
（太原市水西门街馒头巷 7 号 电话：0351－4729801 邮编：030002）
印　　装 山西人民印刷有限责任公司

开　　本 889×1194 1/32
印　　张 8
字　　数 173 千字
版　　次 2020 年 1 月第 1 版 2020 年 1 月山西第 1 次印刷
印　　数 1—10 000 册
书　　号 ISBN 978－7－5703－0821－7
定　　价 32. 00 元

梁晓声：肩担道义　笔书华章

编者序

路静文

梁晓声先生早年就以《这是一片神奇的土地》《今夜有暴风雪》《雪城》《年轮》等一批作品饮誉大江南北，2019年又因长篇小说《人世间》获得我国文学界最具分量的茅盾文学奖，可谓文坛长青树。与共和国同龄的梁晓声先生在40多年的创作生涯里，一直秉持现实主义的创作理念，关注民生疾苦，与时代同行，笔耕不辍，迄今已经给读者留下了2000多万字的丰厚的文学财富。我们从其数百万字的散文作品中辑录出《种子的力量》《让我们爱憎分明》这两册作品给读者，希望中学生朋友们读后能从中汲取写作与成长的启示。

《种子的力量》分“尘世万象”“灵魂独语”“心之圭臬”“文化表情”四辑内容。“尘世万象”这一组文章描绘了以一群小人物为主的故事。善良的看门人赵大爷，为清誉而晚年劳作不息的老妇人，还有咪妮与巴特这一对相依为命的猫狗等，通过他们曲折的命运变化，折射整个社会的世态人情。文章通篇洋溢着的对市井小人物及动物的悲悯怜惜之情，体现了梁晓声先生一以贯之的人文立场。“灵魂独语”是作者从自己日常生活琐事中提炼出来的人生哲思。这些如流沙一样的生活瞬间，在梁晓声先生的记录思考中，闪现出了独特的哲理光芒；也让寻常的日子，因有了思考的沉淀而具备了精神上的定锚之力。“心之圭臬”专辑则集中展示了作者的写作经验、写作立场。这些写作经验的实用性很强，是我们借鉴写作的珍贵宝典。而作者在几篇文章及书信里阐释的写作原则与立场，则体现了一个文化人的自省意识与责任担当。“文化表情”专辑有电影评论，有对中国传统文化的思考，还有对当下流行文化的审思与诘问，视角独特，发人深省。

《让我们爱憎分明》由“生命姿态”“玫瑰天堂”“山高水长”“思想力量”四辑内容组成。“生命姿态”带领读者去窥探复杂的人性与人生，带领读者去思索我们在人生的每个瞬间，应该以什么样的姿态活出自己锃亮的生命质地。“玫瑰天堂”是对亲情的讴歌与展示，母亲的慈爱，父亲的宽厚，是滋养作者的不息暖流。梁晓声曾经说过，写亲情题材的作品，不仅是对父辈的思念和感恩，更因为他们身上深烙着那一代人的印记——在贫困中承担起责任和义务，默默忍受着生活的艰辛，用双手养育家庭，体现了中国底层人民的精神品格。“山高水长”书写阔大的人格，是作者信仰的支撑。雨果在人欲横流的时代依然抱持着的对美好人性确信无疑的虔诚理念，闻一多先生不惜以生命去唤醒大众与民族的勇气、对国民党反动派的威胁嗤之以鼻的耿耿骨气等，都是激励作者以文字为普罗大众服务的动力。“思想力量”则是作者对一些宏观问题的深度思考。在针砭时事的酣畅笔墨里，展示了一个作家的道德良知。

阅读这两本书，我们不仅可以读到梁晓声先生的人生经历、生活主张、哲学思考，更能通过其既温情、质朴又敏锐、犀利的文字，认识到一个最真实坦荡的梁晓声。

一方面，他关注普通草根阶层，对国家对社会，有着责无旁贷的使命感。梁晓声先生与共和国同龄，出生于城市一个贫苦的建筑工人家庭，青年时期经历黑龙江兵团建设生活，以工农兵学员的身份在复旦大学深造，毕业后先后到北京电影制片厂、中国儿童电影制片厂、北京语言大学等单位工作。成长历程有着深深的时代烙印的梁晓声先生，一直致力于为平民阶层代言，关注下岗工人、农民、进城务工人员等这些弱势人群的生存状况，并惯以善意的眼光，发掘普通人身上的美好。他的思想者形象和知识分子情怀，是其写作的温暖底色，这种底色为他的作品留下了朴实的民间温度。

另一方面，梁晓声先生热爱自己的生活，对自己的家庭，对自己的父母亲人，一直有着深厚的情感。虽然年少时期生活十分贫穷，母亲常常需要借钱度日，哥哥更是由于生活压力患上精神疾病，但是父母的勤劳、善良、慈爱，依旧让这个家庭有着融融的暖意。谈到家庭时，梁晓声先生曾经说过："自从家产生了，然后产生了最初的家庭伦理，全部人类文化的这棵大树，是在家这个块根上生长起来的。"获茅盾文学奖的长篇小说《人世间》，就是以梁晓声先生的家庭为原型创作的。可以说，家庭，不但是梁晓声先生身心的安居处，也是其创作的重要灵感来源。而其对国家社会的责任感，又何尝不是由对家庭的责任感扩展而来呢?

就这样，一肩担时代道义，一肩担生活责任，梁晓声先生义无反顾地走着，写着。他不断地在用文字为读者建构着精神上的故乡，愿我们都能在他充满光热的文字里，找到慰藉与力量。

（作者系《语文报·青春阅读》主编，语文报社图书项目部主任，国家二级心理咨询师）

CONTENTS 目录

生命姿态

玫瑰天堂

山高水长

思想力量

生命姿态

爱憎分明的人是我们人类不可缺的“物种”,是我们人类精神血液中的白血球,是细腰蜂,是七星瓢虫,是邪恶当前奋不顾身的勇敢的蚁兵。因了爱憎分明的人存在,才会使更多的人感到世上有正义,社会有良知,人间有进行道德监督和道德审判的所谓道德法庭。

——《让我们爱憎分明》

权力、财富、地位、高贵得无与伦比的生活方式，
这其中任何一种都不能单一地构成人生的意义。
——《人生和它的意义》

赏悦你的花季

没有学生时代的人生是遗憾的、缺失的人生。而中学时代，是人生花季的第一个“节气”。在这个“节气”里的男孩儿和女孩儿，如柳丝之乍绿；如花蕾之欲开；如蚌壳里的沙刚刚包裹上珠衣；如才淌到离泉眼不远的地方，却没形成溪流的山水；如火烧云，即使天上无风，也能不时变幻出美丽的想象……

小学是六年。从初一到高三，也是六年。然而与小学相比，人生的后六年，是质量多么不同的六年啊！男孩儿和女孩儿，朦朦胧胧地觉得，自己在某些方面像是大人了。“让我来吧，妈妈！”——当男孩儿的力气使自己的母亲惊讶时，他心里是多么的自得啊。

“爸爸，这件事我能理解。”——当女孩儿如是说，或者并不说，仅用眼睛表达她那份儿明白时，实际上她觉得，她仿佛已经能反过来安慰大人了。

而往往地，也确实如此。父母一经从是中学生的儿女那里获得到体恤，眼睛是会感动得发湿的。“女儿，你懂事了……”“儿子，你快成大人了……”小学生不太能听到父母对他们这么说。中学时代的男孩儿和女孩儿，对从父母眼里、心里、话里流露出来的期望，也由此变得相当敏感了。父母的期望，教师的期望，学业的压力，每每使处在中学时代这个“节气”里的男孩儿和女孩儿，不禁多了几许成长的烦恼。中学生一烦恼，是连上帝都会因而忧郁的。如果上帝存在的话……

没有这些烦恼多好呢？

但又哪儿有没有阴天的整个花季呢？

我觉得，中学生应该善于悦赏自己的“节气”。那些烦恼，那些困惑和迷惘，不也是自己这一“节气”的特征吗？知道米兰·昆德拉的那一本书吗？——《生命不能承受之轻》。没有责任的人生，其实也是认识不清自我存在价值的人生。当然也是并无多大意思的人生。

中学时代的男孩儿和女孩儿，之所以与小学生不同，正在于他或她从自己所感到的那些烦恼、困惑、迷惘之中，渐悟着自己是中学生的那一份儿责任。它不必一定是优异的学习成绩；但它一定得有发奋的能动性。

如果连这一点都觉得是强加的，那么就将花季理解得未免太懈怠了。在花季里，百花争妍，那也是花儿们向大自然证明着的一种自觉愿望啊！

中学时代，一切都应该变得有自觉性了。在这种自觉性的前提下，男孩儿和女孩儿请赏悦自己花季的第一个“节气”吧，包括这个“节气”里的霜和雨……

飘扬起你青春的旗

青春是短暂的。

当我们“分解”任何一个男人或女人的人生时，便尤见青春之短暂了。

从一岁到六岁，人牙牙学语，踉跄学步，处在如小猫小狗的孩提时期。除了最基本的饮食需要，再有一种需要那就是爱了，而且多多益善。孩提时期的人还不太懂得爱别人，无论对别人包括对爸爸妈妈表现出多么强烈的“爱”，也只不过是最本能的依恋，所需要的爱也只不过是关怀与呵护。

人生的每一阶段都有着近乎天然的诗性成分。

孩提时期的诗性成分乃是人性的单纯。

一个孩子酣睡在母亲怀里的情形是特别美特别动人的情形；他或她被父亲扛在肩头时的笑脸，是人类最烂漫的笑脸。

一个孩子所依恋的首先还不是父母，而是父爱与母爱。如果一个孩子失去了双亲，倘有另一个女人真能像慈母一样地爱这孩子，那么不久这孩子在她的怀里也会睡得像在最安全的摇篮中一样踏实；倘有一个男人真能像慈父般爱这孩子，并且也喜欢将这孩子扛在肩头上，那么这孩子脸上也会绽出同样快活的笑容。

孩子用本能感觉别人对他或她爱的程度。几乎纯粹是本能，不加入什么理性的判断。但孩子的本能也往往是极其细微的。某些孩子很善于从大人的表情、大人的眼里看出爱的真伪。这也几乎是本能，不是后天的经验。

在《悲惨世界》中，小女孩珂赛特夜晚到林中去拎水时第一次遇到了冉·阿让——他说：“我的孩子，你提的这东西，对你来说，太重了一点儿吧。”——于是替她拎着那桶水……

书中接着写道：“那人走得相当快。珂赛特却也不难跟上他。她已经不再感到累了。她不时抬起眼睛，望着那个人，显出一种无可言喻的宁静和信赖的神情。从来不曾有人教过她敬仰上帝和祈祷，可是她感到她心里有种东西，仿佛是飞向天空的希望和欢乐……”

珂赛特当时的心情，正是我所言——人性在孩提阶段所体现出的那一种又本能又单纯的诗性啊。

珂赛特当时八岁，倘她是今天中国城市人家的一个孩子，那么她已经该上小学二年级了。

小学时期人有整整六年可度。

小学这一人生阶段的诗性体现在人开始懂得爱别人了。“懂得”这个词不太准确，实际上人生开始就生出对别人的爱来。小学生望着他或她所感激的人，目光中往往充满着柔情了。这时一名小学生的眼睛，无论是男孩或女孩，都是会说话的眼睛。

“眼睛是心灵的窗口”——我认为这一点是从小学时期开始的。

中学时期人已是少男少女了。人生处在花季的第一个节气。这时人生的诗性无须赘言，但这时的人生还不是“青春”。因为这时的人生还缺少青春最本质的特征，那就是生命饱满外溢的活力。

到了高中，人开始形成自己相当独立的思想了。人心里开始萌生出不同于以往的爱意了。这爱意已不再是对别人给予自己的关怀和呵护的回报了，而体现为主动的对异性的暗怀其情的爱慕了。也有爱得缠绵难分的情况，但大抵是暗怀其情。此时人生进入了青春期的第一个节气，正如惊蛰的节气之于四月。但高中是通向大学的最后阶梯。但凡是个初谙世事的儿女，都不敢松懈学业上的努力。在中国，尤其在城市，这是人生最诗意盎然的阶段，其实最乏诗意可言。整整三年的埋头苦读，或者考上了大学，或者遗憾落榜。

此时，当年的孩子十八九岁了。

考上了大学的，自我补偿式地品咂青春。而一到了大三大四，便又为毕业后的人生去向而时时迷惘，惶惑；遗憾落榜的，则难免陷入悲观。

青春有了另外的许多负重感。

如此“分解”起来，看得分明——青春从十八九岁真正开始，一直到一个人组成家庭的时候结束。

有些人做了丈夫或妻子，心理仍然处在六月般美好的青春期。他们青春期的诗性延续到了婚后。他们是幸福的，也是幸运的。但大多数人未必如此幸运。因为做丈夫或做妻子的角色责任、角色义务，因为家庭生活的诸多常规内容，制约着人惜别青春，服从角色的要求……

所以许多中年人回眸人生，常喟叹青春短暂。

而这也正是我的人生体会。我将青春短暂这一个事实告诉青年朋友们，当然不是想使青年朋友们对人生产生沮丧。恰恰相反，青春既然那么短暂，处在青春阶段的人，就应善待青春！珍惜青春！

而我最终想说的是——人啊，如果你正处在青春时期，无论什么样的挫折，无论什么样的失落，无论什么样的不公平，都不要让它损害或玷污了你的青春！

青春应该经得起失恋……

青春应该经得起一无所有……

青春应该经得起社会对人生的抛掷……

青春应该经得起别人的白眼和轻蔑……

因为，人在生命充盈着饱满外溢的活力的情况之下都经不起的事，在生命的另外时期就更难经得起了……

让我们的头脑聪明起来

"聪明"一词是对我们人类头脑的称赞。特别聪明，便叫做"智慧"；比智慧还智慧的头脑，那就是天才的头脑了。天才的头脑带给我们人类许多利益，或者科技发明；或者社会思想；或者，仅仅代表人类想象力的高级水平。比如爱迪生，比如卢梭，比如爱因斯坦、霍金。

那些聪明、智慧和天才的头脑，是怎样变得聪明、智慧和天才的呢？

有一种看法认为那差不多是天生的。主要根据是某些人的头颅特别大，因而大脑体积也比我们寻常人大，比我们寻常人的脑沟回深而紧密。确乎，爱因斯坦、马克思、列宁，都是大头颅的人。

但是，我们从历史照片上看得出——爱迪生的头颅一点儿也不比我们寻常人大，牛顿的头颅也不大，霍金更不；鲁迅也不，胡适也不。以上基本是一个事实。

指证这样一个事实，对于我们寻常人不但是必要的，简直还应该是喜悦的。因为那事实告诉我们寻常人——聪明的、智慧的、天才的头脑，肯定并不绝对是天生的。正常的人在大脑方面的基因差异，我以为不见得会大于猴子和猩猩、狼狗与猎狗之间的差异。

我以为我们人类的头脑也像我们的双手一样，越用，其表现才越高级。手越用越灵巧，头脑越用越“灵光”。有脑不好好用，我们对不起自己的脑。因此，如果我们够坦率的话，就不得不承认，寻常人之所以寻常，恰恰寻常在——我们用脑用得并不十分好。

首先是我们大多数中年人用脑用得并不十分好。中年人是社会的中坚群体。时代发展的速度太快，使得中年人很倦怠。倦怠之人，其脑迟钝。因而我们对自己头脑的要求已降得很低，仅仅要求我们自己的头脑成为前人的、别人的，又尤其是外国的别人的思想、经验、发明和创造的认可者。

我们的头脑，往往会很自然地便成了所谓“知识”的接收器、储存器。这当然也是衡量头脑聪明与否的一种标准，但绝不是很能动的标准，于是便存在着一个对“知识”二字的理解问题。

我个人认为，“知识”二字虽为一词，但其实包含着双重词性，乃是由知性和识性组合成的一个具有行动意味的词。知就是知道，识就是不但知道，而且善于变为自己的头脑再生聪明的基础。仅仅知道，不再生自己的聪明，知道了又如何呢？有不寻常的再生聪明，才有不寻常的思维，从而才有不寻常的行动。那行动，最初即是创新的冲动。而有没有这样的一种冲动，决定人后来能否具有发明的能力。

我认为，同学们的问题很可能和我这样的中年人所经历的问题是一样的。同学们都有着年轻的、崭新的、质地饱满的大脑。这是诸位宝贵的个人资本。倘它运用得好，产生思想力、想象力，最终产生发明和创造，那么便也是国家的宝贵资本了。

我希望同学们切记，你们的头脑，不仅属于你们自己，也在一定程度上属于民族，属于国家。将来之中国，与别国相比，最终比的是你们这一代中国人，与别国同代人的头脑的质量。因而我希望同学们万勿像我这样一个中年人似的，仅仅满足于自己头脑的记忆能力超强。超强的记忆能力，当然也是好头脑的衡量标准，但还够不上是真正聪明的标准。

我的悲哀是，连记忆也无可奈何地减退了。但倘若同学们在拥有年轻的、崭新的头脑时，却仅仅将它当记忆器来用，那么委实也是一种悲哀。

我以我的眼忧虑地看到，你们的某些同代人，对于学习这一件事，其实是又刻苦又懒惰的。几乎一概刻苦，都体现为两个字——背与记。在背与记方面，每对自己的头脑运用到接近虐待的地步。而被虐待所伤害的头脑，那在思想和创想方面，是没法不懒惰的。

懒惰了的头脑中，是不太容易产生有价值的发明和创造的。但公正地、实事求是地说，这从根本上并非人们的错，而折射出了我们的教育模式的弊端。值得欣慰的是，各界人士的眼已经看到了这一弊端，并且正在通力为着你们而扭转。

同学们，彼人也，吾亦人也；彼能是，吾何不能是？

愿你们以这样一种志气激励自己，使你们的头脑聪明起来，为了我们中国繁荣昌盛的明天，争做具有创新才智的一代新人！

给自己的头脑几分尊重

读过《安娜·卡列尼娜》这一部名著的人，必记得开篇的两句话——“幸福的家庭是相似的，不幸的家庭各有各的不幸”。

这两句话，在中国也早已是名言了。最近我因授课要求，重新翻阅该书某些片段。掩卷沉思，开篇的两句话，仍是全书中最令我联想多多的话。

曾有学生问我——为什么这两句话会成为名言？我的回答是，首先，《安娜·卡列尼娜》成为名著，这个前提很重要。学生又问，如果《三国演义》没有成为名著，“凡天下大事，分久必合，合久必分”就不称其为名言了吗？如果范仲淹的《岳阳楼记》没有成为名篇，“先天下之忧而忧，后天下之乐而乐”就不称其为名句了吗？……

当然，还可以举出另外许多例子。名言名句不仅出现在小说、诗词、歌赋中，也出现在戏剧、电影、电视中，甚至出现在法庭诉讼双方的答辩中，出现在演讲中的时候更是举不胜举……

关于《安娜·卡列尼娜》这一部小说，托尔斯泰曾写下过三十几段开篇的文字，最后才选择了“幸福的家庭是相似的，不幸的家庭各有各的不幸”两句话。据说，倘用俄语来朗读这两句话，会有诗一般的语韵。这大概也是俄国人特别认同托尔斯泰的原因吧。

我的回答究竟使我的学生满意了没有？进而使自己满意了没有？不是这里非要交代清楚的。

我想强调的其实是这样一种思想——喜欢提问题的人一定是喜欢思考问题的人。人类倘不喜欢思考，我们至今还都是猴子。历史上有人骂项羽“沐猴而冠”，正是恨他遇事不动脑子好好想一想。

窃以为，错误的思想是相似的，正确的思想各有各的正确。当然，正确和错误是相对的，姑妄言之而已。

这里所说的“错误的思想”，确切地说，是指种种不良的甚至邪恶的思想。比如以为损人利己天经地义，以为仗势欺人天经地义，以为不择手段达到沽名钓誉之目的天经地义，于是心安理得，皆属不良的邪恶的思想。是的，在我看来，这样的一些思想是相似的。它们的共同点乃是——夜半三更，扪心自问，有时候还是怕遭天谴的。谢天谢地，迄今为止，这样的一些思想从来不是大众思想的主流。比如“无毒不丈夫”一句话，你不能不承认它也意味着一种思想。然而真的循此思想行事的人，其实是很少很少的。何况此话原本似乎是“无度不丈夫”——果而如此，恰恰是提醒人要善于思考的话。

迄今为止，人类头脑中产生的大部分思想，指那类被我们大部分人所能接受的、认同的，以指导我们行为和行动的后果来判断，是对社会进步有益的——那样一些思想，它们不应只是少数人头脑中产生的思想，而应是我们大多数人，甚至每一个人头脑中都会产生的思想。

我们中国人依赖少数人的头脑为我们提供有益的思想——实在是依赖得太久太久了，而这几乎使我们自己的头脑的思考能力变得有点儿退化了。

这意味着我们对自己的头脑失去了尊重。现在这个现象似乎也在全球化。有个美国学者写了一本书，叫《娱乐至死》，说的是大家都远离思考，都进入了娱乐状态，从生下来就开始娱乐，一直玩到死。他认为，人类的思想和文化并非窒息于专制，而是死于娱乐。这实在是非常智慧的警世之论。窃以为，不智慧的人是相似的，智慧的人各有各的智慧。

我们需要将我们每个人对自己的头脑的尊重意识重新树立起来。

我们将会发现——正确的思想不但是人类思想的主流，不但各有各的正确，而且经常形成于我们自己的头脑之中。

给自己的头脑几分尊重——于是，我们不仅仅只是思想的被动的接受者，也能是思想的主动的提供者了。

给自己的头脑几分尊重——于是，我们明白了这样一个道理：别人的头脑里产生的别种的思想，只要不是邪恶的，也是必须予以尊重的。

给自己的头脑几分尊重——于是，我们明白了这样一个道理：即使我们确信自己头脑里产生的思想是正确的、睿智的，即使别人也这样公认，那也只不过是关于世相，甚至是关于一件事情的许多种正确的、睿智的思想之一而已。

给自己的头脑几分尊重——非但不能使我们因而变得狂妄自大，恰恰相反，将使我们变得更加谦逊和更加温良。因为我们的头脑里会产生出对我们的修养有要求的思想。

给自己的头脑几分尊重——将使我们在对待人生、事业、名利、时尚、爱情、亲情、友情等方面，不再一味只听前人和别人怎么阐释怎么宣讲，而也有自己的独立的见解了。

我们难道不是都清楚这样一种关于世事的真相吗？——别人用别人的思想企图说服我们往往是不那么容易的，只有自己说服了自己，自己才是某种思想的信奉者。

这世界上没有不长叶子的根和茎。我们的头脑乃是我们作为人的“根”，我们认识世界的愿望乃是我们作为人的“茎”。我们既有“根”亦有“茎”，为什么不让它长出思想的叶子来呢？

给自己的头脑几分尊重——我们因而发现，不但人类的社会，连整个世界都需要我们这样；我们因而感受到，不但人类的社会，连整个世界都少了某些荒诞性，多了几分合理性。

给自己的头脑几分尊重——我们因而发现，娱乐使我们同而不和，思考使我们和而不同。

给自己的头脑几分尊重——我们将会发现，思考的过程、产生思想的过程，是一个非常快乐的过程。这种快乐是其他快乐无从取代的。

给自己的头脑几分尊重——我们将因而活得更像个人，更愉快，更自然……

最合适的，便是最美的

哪一个青年没有过思想？谁甘愿度过平庸的一生？

当这样的问题摆在面前，很多人也许会想到宗教。

其实宗教也是一种理想。

人和植物、动物的区别，重要的一点恰恰在于人会设计自己的愿望，有实现这一愿望的冲动。理想使人高出宇宙万物，理想使人具有百折不挠的精神力量。因而当人实现这一愿望的冲动受挫，理想便使人痛苦。

如果能够进行统计的话，实现了自己的理想的人必然是少数。那么是否绝大多数的人又都是不幸的呢？我相信不是这样。

理想，说到底，无非是对某一种活法的主观的选择。客观的限制通常是强大于主观的努力的。只有极少数人的主观努力，最终突破了客观的限制，达到了理想的实现，这便使人对“主观努力”往往崇拜起来，以为只要进行了百折不挠的努力，客观的限制总有一天将被“突破”。其实不然。

所以我认为，有理想是一种正确的生活态度，放弃理想也是一种正确的生活态度。有时，后一种态度，作为一种活着的艺术，乃是更明智的。有理想有追求是一种积极主动的活法，不被某一不切实际的理想或追求所折磨，调整选择的方位，更是积极主动的活法。

一种活法，只要是最适合自己的，便是最好的，最美的。当然，这活法，首先该是正常的正派的活法。如果人觉得，盗贼或骗子的活法，才最适合自己的话，那我们就无法与之沟通了。

曾有一位大学生，来信倾诉自己对文学的虔诚，以及想成为作家的恒心，并且因为自己是学工的，便感到自己是世界上最不幸的人了。

我回信向他指出——首先他是不实事求是的。因为考入一所名牌大学，与同龄青年相比，已首先使他成为最幸运的人了。其次，是大学生，那么学习，目前对他是最适合的。学习生活，目前对他是最好的、最美的生活。即使他最终还是要专执一念当作家，目前的学习生活，对他日后当作家，也是有益的积累。而且作家是各式各样的——无职无业的“个体作家”、有职有业的半专业作家、比如我这样的作家，以创作为唯一职业的专业作家。随着社会结构的变化，拿工资的专业作家会少起来，不拿工资的“个体作家”和有职有业的半专业作家会多起来。他究竟要当哪一种作家呢？马上就当不拿工资的“个体作家”？生活准备不足，能靠稿费养得了自己么？连我自己目前也不能，所以我为他担忧。我劝他目前要安心学习，先按捺下当作家的追切愿望，将来大学毕业了，从业余作家当起，继而半专业，继而专业，如果他确有当作家的潜质的话……

可是他根本听不进我的劝告。他举例说巴尔扎克就是根本不理睬父母希望他成为律师的预想，终于成大作家的。他那么固执，我对他的固执无奈。结果他学习成绩下降，一篇篇稚嫩的“作品”也发表不出来，连续补考又不及格，不得不离开了大学校园。

他在北京流落了一个时期，写作方面一事无成，在我的资助下回老家去了。

现在他精神失常了。

这多可悲呢。

北京电影制片厂曾有过一百六七十位演员。设想，一旦成为演员，谁不想成大明星呢？但这受着个人条件的局限，受着种种机遇的摆布，致使有些人，空怀着明星梦，甚至十几年内，没上过什么影片。其中一些明智的人，醒悟较快，便改行去当剪辑、录音，或其他方面的工作。有些是我的朋友。他们在人到中年这个关键时刻，毅然摆脱过去曾怀抱过的那引起不切实际的理想的纠缠，重新选择最适合自己的活法，活得自然也好了。

著名女作家铁凝也有过和我类似的与青年的接触。

一位四川乡村女青年不远万里寻找到她，希望在她的指导之下早日成为作家。需知一位作家培养另一个人成为作家这种事，古今中外实在不多。一个人能不能成为作家，关键恐怕不在培养，而在自身潜质。铁凝是很善良、很真挚、很会做思想工作的。铁凝询问了她的情况之后，友好地向她指出——对于她，第一是职业问题，因为有了职业就有了工资，有了工资就有了衣食住行的起码保障。曹雪芹把高粱米粥冻成砣，切成块，饿了吃一块，孜孜不倦写《红楼梦》，那对于他实在是无奈的下策，不是非如此便不能写出《红楼梦》。十年辛苦一部书。如果那十年的情况好些，他的身体也便会好些，也许在完成《红楼梦》之后，还能完成另一部名著。对于今天的青年，没有效仿的意义和必要。今天的青年，如果有可能找到一份工作，取得衣食住行的起码保障，为什么不呢？当然，你要一心想在什么中外合资的大公司当上一位公关小姐，每月拿着一千多元的工资，是另一回事了。须知如今大学生、研究生找到完全合乎自己愿望的工作都很难，你凭什么指望生活格外地垂青于你呢？

那女青年悟性很好，听从了铁凝的劝告，回到家乡去了，在一个小县城找到了一份最普通的工作。以后她常把她的习作寄给铁凝，铁凝也很认真地予以指导。终于她的文章开始在地区的小报刊上陆续刊登了，当然都是些小文章。她终于在自己生活的那个地方，渐渐引起了人们的注意。后来因这“一技之长”，她被调到了县里计划生育办公室搞宣传。后来她寻找到了一个好丈夫，组成了一个温暖的小家庭，有了一个可爱的孩子，生活得挺幸福。她在她生活的那个地方，寻找到了最适合她的“坐标”，对她来说，那是最好的生活，也是最美的，起码目前是这样。至于以后她是否会成为大作家，那就非铁凝能帮得了的了……

有些青年谈论理想的时候，往往忽略了现实和理想之间的时空距离。或者虽然承认有距离，但却认为只要时来运转，一步便能跨越。其实有些距离，是终生不能跨过的。嗓子天生五音不全而要成为歌星，身材不美而要成为芭蕾演员，没有表演才能而非迷恋影视生涯，凡此种种，年轻时想一想是可爱的，倘非当作人生理想、人生目标去耿耿追求，又何苦呢？倘一位中国的乡村女孩儿的理想是有朝一日做西方某国的王妃，并且发誓不达目的誓不罢休，这“理想”本身岂不是就怪令人害怕吗？正如哪一位中国的作家如若患了“诺贝尔情绪”，发誓不获诺贝尔文学奖便如何如何，也是要不得的。

一切生活都是生活，无论主观选择的还是客观安排的，只要不是穷困的、悲惨的、不幸接踵不幸的，只要是正常的生活，便都是值得好好生活的。须知任何一种生活都是有正面和负面的。帝王的权威不是农夫所能企盼得到的，但农夫却不必担心被杀身篡位。一切名流的生活之负面的付出，都是和他们所获得的正面成比例的。人往高处走，水往低处流，一人改变自己的命运的想法永远是天经地义无可指责的，但首先应是从最实际处开始改变。

荀子说过一句话——自知者不怨人，知命者不怨天。字面看来有点儿听天由命的样子，其实强调的是一种乐观的生活态度。没有乐观的生活态度，哪还谈得上什么积极进取呢？不必在二十多岁的时候，便给自己的一生设计好什么“蓝图”。在以后的几十年中，机遇可能随时会向你招手，只要你是有所准备的。

社会越向前发展，人的机遇将会越多而不会越少。三十岁至四十岁得到的，绝不会是你最后得到的，失去它的机会像得到它一样偶然。同样三十岁至四十岁未得到的，并不意味着你一生不能实现。你的一生也许将几次经历得到、失去，再得到、再失去，有时你的人生轨迹竟被完全彻底地改变，迫使你一切从头开始。谁准备的方面多，谁应变的能力强，谁就越能把握住一份儿属于自己的生活。当代社会越向前发展，则越将任何一种事业与人的关系，变成为不离不即，离离即即，偶尔合一，偶尔互弃的关系……

说“比”

人类的许多伟大之处，高贵之处，以及迄今为止的辉煌文明，也可以说是人类互比的结果。比不断地激发人类的赶超心理。比是极高级的思维活动。除了人，只有极少数的动物在极少的情况之下才互比。比如极少数的鸟儿，在发情期比羽毛的美丽，比叫声；极少数的兽，在发情期比形体的雄壮，比吼声的威猛。但一过了发情期，它们的互比便宣告结束。动物的互比不是思维活动，不是意识，而是较纯粹的本能。始于本能，止于本能。本能促使之下的动物们的互比，即使从恶的结果方面分析，都是激发不出什么高级的行为的。人类的互比，却不仅能激发高贵的热情和冲动，而且能滋生罪恶的念头能导致野蛮的冲动。

是的——人类的互比意识，也给人类带来许多烦恼，许多愤怒，许多嫉妒，许多痛苦。人类的痛苦，一部分是由灾难造成的，一部分是由贫穷造成的，一部分是由生理不幸造成的，一部分是由心理不幸造成的。互比意识在心理现象中是收缩性很大的一种存在。好比三个连体气球，一个大，两个小。吹起这样的气球，需要平均的气量。气量不均，两个小气球就可能一大一小。如果那大的恰恰充满了比富、比贫、比奸、比诈、比享乐、比堕落之“气”，那么人的痛苦也就随之而来了。吹爆它的时候，悲剧就发生了。悲剧不但可能毁了自己的人生，往往也可能毁了他人的人生、家庭和生命。

人总是要比的。比的意识几乎伴随人的一生。人老了还是要比。人是活到老比到老的。比是人生的功课。能学好这门功课不容易。

人与人不同。所比的内容也就不同。所比的“目标”也就不同。

前几天看电视——介绍山东济宁公安派出所的一名老民警陈广泉，几十年如一日，默默无闻地为百姓做好事。随后受到百姓的由衷怀念，都把他称作“好人陈广泉”。

我一边看，一边就自问——倘我是民警，我能做到像陈广泉那样么？

这一自问，我就更深刻地认清了我自己。因为我做不到。一年两年几年内，我也许还做得到。几十年如一日，我真的做不到。

前几天的前几天，电视里还介绍过一位育林老人。也是几十年如一日，将一座座荒山秃岭，改披上了葱葱绿装。林木价值，高达数百万元之巨。但是他最后一文不取，奉献给了国家。

我也一边看，一边就自问——倘我是他，我能做到么？我坦率承认，我真的做不到。

在今天，陈广泉和那育林老人的事迹，对我们中国人互比的意识，具有阳光般的作用。

当我们每个人问我们自己——“我能做到么?”的时候，其实我们已经又是在比了。不过是在与无私和崇高比。

所以我常想，比是无妨的，但应全面地比一比。比富比贪，使我们越比心理越倾斜。也比比别人的无私和崇高，能使我们倾斜了的心理再度平衡。

一个时代，一个社会，普遍的人们比什么内容，怎么比，当然取决于普遍的人们的价值取向。而普遍的人们的价值取向，说到底又是和一个时代一个社会的崇尚本质分不开的。

……

所谓一个社会的崇尚本质，根源种种，我想往往也是由媒介所传播的比的内容渐渐形成的。而媒介这种时候所扮演的角色，恰好比一个吹气球的人——只不过它吹大的千万别是那个不该吹大的……

让我们爱憎分明

几经犹豫我才决定写下这一行题目。写时我的心理竟十分古怪——仿佛基督徒写下了什么亵渎上帝的字句。仿佛我心怀叵测，企图向世人散布很坏的想法。我能预料到某些人对这样一个题目的忐忑不安。他们大抵是些丧失了爱憎分明之勇气的人。这使我怜悯。我能预料到某些人对这样一个题目的不以为然乃至愤然。他们大抵是些毫无正义感的人。并且希望丑恶与美好混沌在我们的生活中。因为他们做人的原则以及选择的活法，更适应于丑恶而有违于美好。唯恐敢于爱憎分明的人多起来，比照出了自己心态的阴暗扭曲，甚至比照出了自己心态的邪狞。我不怜悯这样的人。我鄙夷这样的人。

世上之事，常属是非。人心倾向，便有善恶。善恶之分，则心之爱憎。爱憎分明之于人而言，实乃第一坦荡、第一潇洒、第一自然之品格。

古人云：审其所好恶，则其长短可知也。又云：民之所好，好之；民之所恶，恶之。

怎么地，现在，不少人，却像些皮囊里塞满稻草似的人？他们使你怀疑，胸腔内是否有我们谓之为“心”的器官，纵有，那也算是心么？

男欢女爱之爱，他们倒是总在实践着。不但总在实践着，而且经验丰富。窃恨妒仇，也是从不放过体验机会的。不但自己体验，还要教唆别人。于是，污浊了我们的生活环境。在这些人看来世界大概是无是无非，无美无丑，无善无恶的。童叟仆跌于前，佯视而不见，绝不肯援一搀一扶之手，抬高腿跨过去罢了。妇妪呼救于后，竟充耳不闻，只当轻风一阵，何必“庸人自扰”？更有甚者，驻足“白相”，权作消遣。

苏格拉底说：“有人自愿去作恶，或者去做他认为是恶的事。舍善而趋恶不是人类的本性。”

苏格拉底是对的么？

帕斯卡尔说：“我们中大多数人欲求恶。”又说：“恶是容易的。其数目是无限的。”还说：“某些人盲目地干坏事的时候，从来没有像他们是出自本性时干得那么淋漓尽致而又兴高采烈了。”

帕斯卡尔所指的是人类生活现象的一方面事实么？

而屠格涅夫到晚年也产生了对人类及其生活的厌恶。他写了一篇优美如诗但情感色彩冷漠之极的散文——《山的对话》，就体现出了他的这种情绪。

当然我们不必去讨论苏格拉底和帕斯卡尔之间孰是孰非。人性本善抑或人性本恶早已是一世纪的命题。并且在以后的世纪必定还有思想家们继续进行苦苦的思想。

我要说，目前我们中国人的某些人，似乎也是一种“疾病”，可否叫做“爱憎丧失症”?

爱憎分明实在不是我们人类行为和观念的高级标准。只不过是低级的最起码的标准。但一切高尚包括一切所谓崇高，难道不是构建在我们人类德行和品格的这第一奠基石上么？否则我们每个人的内心必将再无真诚可言。我们的词典中将无“敬”字。

中国人口占世界人口四分之一。如果我们中国人在心理素质方面成为优等民族，那么世界四分之一人类将是优秀的。反之，又将如何?

思想哲人告诫人类——对善恶的无动于衷是人类精神最可怕的堕落。

生物学家则告诫我们——一类物种的灭绝，必导致生态链条的断裂，进而形成对生态平衡的严重威胁和破坏。

人类绝不是首先因憎激发了爱的冲动、力量和热情。恰恰相反，是由于爱的需要才悟到了憎的权力。好的教养可以给予我们爱的原则。懂得了这一点才算懂得了爱的尺度，也就懂得什么是恶了，也就必然学会了怎样用我们的憎去反对、抵制和战胜恶了。

爱憎分明的人是我们人类不可缺的“物种”，是我们人类精神血液中的白血球，是细腰蜂，是七星瓢虫，是邪恶当前奋不顾身的勇敢的蚁兵。因了爱憎分明的人存在，才会使更多的人感到世上有正义，社会有良知，人间有进行道德监督和道德审判的所谓道德法庭。

我们中国人是很讲“中庸之道”的。但我们的老祖宗也留下了这么一句“遗嘱”——“道不同，不相为谋”。并指出——“物以类聚，人以群分”。

可是我们当代的有些人，似乎早把老祖宗“道不同，不相为谋”之“遗嘱”彻底忘记了，似乎早把“物以类聚，人以群分”这凭以自爱的起码的也差不多是最后的品格界限擦掉了，仅只恪守起“中庸之道”来。并且浅薄地将“中庸之道”嬗变为一团和气。于是中庸之士渐多，并经由他们，将自己的中庸推行为一种时髦。仿佛倡导了什么新生活运动，开创了什么新文明似的。于是我们不难看到这样的情形——原来应被“人以群分”的正常格局孤立起来的流氓、痞子、阴险小人、奸诈之徒以及一切行为不端品德不良居心叵测者，居然得以在我们的生活中招摇而来招摇而去，败坏和毒害我们的生活到了随心所欲的地步。所到之处定有一群群的中庸之士与他乘兴周旋逢场作戏握手拍肩一团和气。

我们常常希望有人拍案而起，厉曰：“耻与尔等斯混！”

对这样的人，我们心中便生钦佩。

我们环顾左右，觉得这样做其实并不需要太大的勇气。然而我们当中有许多人唯恐落个“出头鸟”或“出头的椽子”之下场。于是我们自己便在一团和气之中，终究扮演了我们本不情愿扮演的角色。

更可悲的是，爱憎分明的人一旦表现出分明的爱憎，中庸之士们便会摆出中庸的嘴脸进行调和，我们缺乏勇气去光明磊落地同样敢爱敢憎，却很善于在这种时候作乖学嗲。

我们谁有资格说自己从未这样过呢？

因而我觉得我们首先应该憎恶我们自己。憎恶我们自己的虚伪。憎恶我们已经染上了梅毒一样该诅咒的“爱憎丧失症”。

那么，便让我们从此爱憎分明起来吧！

将这一希望寄托在别人身上，莫如寄托在我们自己身上。倘你周围确实无人在这一点上值得你钦佩，你何不首先在这一点上给予自己以自己钦佩自己的资格呢？如果你确想做一个爱憎分明之人，的确开始这样做了，我认为你当然有自己钦佩自己的资格。你也当然应该这样认为。

以敢憎而与可憎较量。以敢爱而捍卫可爱。以与可憎之较量而镇压可憎之现象。以爱可爱之勇气而捍卫着可爱在我们的生活中发扬光大。让我们的生活中真善美多起来再多起来！让我们在我们每一个人的生活范围内，做一块盾，抵挡假丑恶对我们自己以及对生活的侵袭，同时做一支矛。让我们共同体验爱憎分明之为人的第一坦荡、第一潇洒、第一自然吧！其后，才是我们能否更多地领略人类之种种崇高和美好的问题……

平凡的地位

“如果在三十岁以前，最迟在三十五岁以前，我还不能使自己脱离平凡，那么我就自杀。”“可什么又是不平凡呢？”“比如所有那些成功人士。”“具体说来。”“就是，起码要有自己的房、自己的车，起码要成为有一定社会地位的人吧？还起码要有一笔数目可观的存款吧？”“要有什么样的房，要有什么样的车？在你看来，多少存款算数目可观呢？”“这，我还没认真想过……”

以上，是我和某大一男生的对话。那是一所较著名的大学，我被邀讲座。对话是在五六百人之间公开进行的。我觉得，他的话代表了不少学子的人生志向。我已经忘记了我当时是怎么回答的，然此后我常思考一个人的平凡或不平凡，却是真的。按《新华词典》的解释，平凡即普通，平凡的人即平民。《新华词典》特别在括号内加注——泛指区别于贵族和特权阶层的人。做一个平凡的人真的那么令人沮丧么？倘注定一生平凡，真的毋宁三十五岁以前自杀么？我明白那大一男生的话只不过意味着一种“往高处走”的愿望，虽说得郑重，其实听的人倒是不必太认真的。

我既思考了，于是觉出了我们这个社会，我们这个时代，近十年来，一直所呈现着的种种文化倾向的流弊，那就是——在中国还只不过是一个发展中国家的现阶段；在普遍之中国人还不能真正过上小康生活的情况下，中国的当代文化，未免过分“热忱”地兜售所谓“不平凡”的人生的招贴画了，这种宣扬尤其广告兜售几乎随处可见。而最终，所谓不平凡的人的人生质量，在如此这般的文化那儿，差不多又总是被归结到如下几点——住着什么样的房子，开着什么样的车子，有着多少资产，于是社会给予怎样的敬意和地位；于是，倘是男人，便娶了怎样怎样的女人……

二十世纪二三十年代的中国，也很盛行过同样性质的文化倾向，体现于男人，那时叫“五子登科”，即房子、车子、位子、票子、女子。一个男人如果都追求到了，似乎就摆脱平凡了。同样年代的西方的文化，也曾呈现过类似的文化倾向。区别乃是，在他们的文化那儿，是花边，是文化的副产品；而在我们这儿，在七八十年后的今天，却仿佛渐成文化的主流。这一种文化理念的反复宣扬，折射着一种耐人寻味的逻辑——谁终于摆脱平凡了，谁理所当然地是当代英雄；谁依然平凡着甚至注定一生平凡，谁是狗熊。并且，每有俨然足以代表文化的文化人士和思想特别“与时俱进”似的知识分子，话里话外地帮衬着造势，暗示出其更伤害平凡人的一种逻辑，那就是——一个时势造英雄的时代已然到来，多好的时代！许许多多的人不是已经争先恐后地不平凡起来了么？你居然还平凡着，你不是狗熊又是什么呢？

一点儿也不夸大其词地说，此种文化倾向，是一种文化的反动倾向。和尼采的所谓“超人哲学”的疯话一样，是漠视，甚至鄙视和辱骂平凡人之社会地位以及人生意义的文化倾向。是反众生的。是与文化的最基本社会作用相悖的。是对于社会和时代的人文成分结构具有破坏性的。

在这样的文化背景下成长起来的中国下一代，如果他们普遍认为最迟三十五岁以前不能摆脱平凡便莫如死掉算了，那是毫不奇怪的。

人类社会的一个真相是，而且必然永远是——牢固地将普遍的平凡的人们的社会地位确立在第一位置，不允许任何意识之形态动摇它的第一位置，更不允许它的第一位置被颠覆。这乃是古今中外的文化的不二立场。像普遍的平凡的人们的社会地位的第一位置一样神圣。当然，这里所指的，是那种极其清醒的、冷静的、客观的、实事求是的、能够在任何时代都“锁定”人类社会真相的文化；而不是那种随波逐流的、嫌贫爱富的、每被金钱的作用左右得晕头转向的文化。那种文化只不过是文化的泡沫，像制糖厂的糖浆池里泛起的糖浆沫。造假的人往往将其收集了浇在模子里，于是“生产”出以假乱真的“野蜂窝”。

文化的“野蜂窝”比街头巷尾地摊上卖的“野蜂窝”更是对人有害的东西。后者只不过使人腹泻，而前者紊乱社会的神经。

平凡的人们，即普通的人们，即古罗马阶段划分中的平民。在平民之下，只有奴隶。平民的社会地位之上，是僧侣、骑士、贵族。

但是，即使在古罗马，那个封建的强大帝国的大脑，也从未敢漠视社会地位仅仅高于奴隶的平民。作为它的最精英的文化思想的传播者，如苏格拉底、柏拉图、亚里士多德们，他们虽然一致不屑地视奴隶为“会说话的工具”，但却不敢轻佻地发任何怀疑平民之社会地位的言论。恰恰相反，对于平民，他们的思想中有一个一脉相承的共同点——平民是城邦的主体，平民是国家的主体。没有平民的作用，没有罗马成为强大帝国的前提。

恺撒被谋杀了，布鲁图要到广场上去向平民们解释自己参与了的行为——“我爱恺撒，但更爱罗马”。

为什么呢？因为那行为若不能得到平民的理解，就不能成为正确的行为。安东尼顺利接替了恺撒，因为他利用了平民的不满，觉得那是他的机会。屋大维招兵募将，从安东尼手中夺回了摄政权，因为他调查了解到，平民将支持他。

古罗马帝国一度称雄于世，靠的是平民中蕴藏着的改朝换代的伟力。它的衰亡，也首先是由于平民抛弃了它。僧侣加上骑士加上贵族，构不成罗马帝国，因为他们的总数只不过是平民的千万分之几。

中国古代，称平凡的人们亦即普通的人们为“元元”；佛教中形容为“芸芸众生”；在文人那儿叫“苍生”；在野史中叫“百姓”；在正史中叫“庶民”。而相对于宪法叫“公民”。没有平凡的亦即普通的人们的承认，任何一国的任何宪法没有任何意义。“公民”一词将因失去了平民成分而是荒诞可笑之词。

中国古代的文化和古代的思想家们，关注并体恤“元元”们的记载举不胜举。

比如《诗经·大雅·民劳》中云："民亦劳止，汔可小康。"意思是老百姓太辛苦了，应该努力使他们过上小康的生活。比如《尚书·五子之歌》中云："民为邦本，本固邦宁。"意思是如果不解决好"元元"们的生存现状，国将不国。而孟子干脆说："民为贵，社稷次之，君为轻。"而《三国志·吴书》中进一步强调："财经民生，强赖民力，威恃民势，福由民殖，德俟民茂，义以民行。"民者——百姓也；"芸芸"也；"苍生"也；"元元"也；平凡而普通者们是也。怎么，到了今天，在改革开放的中国，在民们的某些下一代那儿，不畏死，而畏"平凡"了呢？

由是，我联想到了曾与一位"另类"同行的交谈。我问他是怎么走上文学道路的。答曰："为了出人头地。哪怕只比平凡的人们不平凡那么一点点，而文学之路是我唯一的途径。"见我怔愣，又说："在中国，当普通百姓实在太难。"屈指算来，十几年前的事了。十几年前，我认为，正像他说的那样，平凡的中国人，平凡是平凡着，却十之七八平凡又贫寒着，由而迷惘着。这乃是民们的某些下一代不畏死而畏平凡的症结。于是，我联想到了曾与一位美国朋友的交谈。

她问我："近年到中国，一次更加比一次感觉到，你们中国人心里好像都暗怕着什么。那是什么？"我说："也许大家心里都在怕着一种平凡的东西。"她追问："究竟是什么？"我说："就是平凡之人的人生本身。"她惊讶地说："太不可理解了，我们大多数美国人可倒是都挺愿意做平凡人，过平凡的日子，走完平凡的一生的。你们中国人真的认为平凡不好到应该与可怕的东西归在一起么？"

我不禁长叹了一口气。我告诉她，国情不同，故所谓平凡之人的生活质量和社会地位，不能同日而语。我说你是出身于几代的中产阶级的人，所以你所指的平凡的人，当然是中产阶级的人士。中产阶级在你们那儿是多数，平民反而是少数。美国这架国家机器，一向特别在乎你们中产阶级，亦即你所言的平凡的人们的感觉。你们的平凡的生活，是有房有车的生活。而一个人只要有了一份稳定的工作，过上那样的生活并不特别难。居然不能，倒是不怎么平凡的现象了。而在我们中国，那是不平凡的人生的象征。对平凡的如此不同的态度，是两国的平均生活水平所决定了的。正如中国的知识化了的青年做梦都想到美国去，自己和别人以为将会追求到不平凡的人生，而实际上，即使跻身于美国的中产阶级了，也只不过是追求到了一种美国的平凡之人的人生罢了……

当时联想到了本文开篇那名学子的话，不禁替平凡着普通着的中国人，心生出种种的悲凉。想那学子，必也出身于寒门；其父其母，必也平凡得不能再平凡普通得不能再普通。不然，断不至于对平凡那么的惶恐。

也联想到了我十几年前伴两位老作家出访法国，通过翻译与马赛市一名五十余岁的清洁工的交谈。

我问他算是法国的哪一种人。

他说，他自然是一个平凡得不能再平凡普通得不能再普通的人。

我问他羡慕那些资产阶级么？

他奇怪地反问为什么？

是啊，他的奇怪一点儿也不奇怪。他有一幢带花园的漂亮的二层小房子；他有两辆车，一辆是环境部门配给他的小卡车，一辆是他自己的小卧车；他的工作性质在别人眼里并不低下，每天给城市各处的鲜花浇水和换下电线杆上那些枯萎的花束而已；他受到应有的尊敬，人们叫他“马赛的美容师”。

由此，他才既平凡着，又满足着；甚而，简直还可以说活得不无幸福感。

也联想到了德国某市那位每周定时为市民扫烟囱的市长。不知德国究竟有几位市长兼干那一种活计，反正不止一位是肯定的了。因为有另一位同样干那一种活计的市长到过中国，还拜访过我。因为他除了给市民扫烟囱，还是作家。他会几句中国话，向我耸着肩诚实地说——市长的薪水并不高，所以需要为家庭多挣一笔钱。那么说时，一点儿也不觉得有什么不好意思……

马赛的一名清洁工，你能说他是一个不平凡的人么？德国的一位市长，你能说他极其普通么？然而在这两种人之间，平凡与不平凡的差异缩小了，模糊了。因而在所谓社会地位上，接近着实质性的平等了。因而平凡在他们那儿不怎么会成为一个困扰人心的问题。

当社会还无法满足普遍的平凡的人们的基本拥有愿望时，文化的最清醒的那一部分思想，应时时刻刻提醒着社会来关注此点，而不是反过来用所谓不平凡的人们的种种生活方式刺激前者。尤其是，当普遍的平凡的人们的人生能动性，在社会转型期受到惯力的严重甩掷，失去重心而处于茫然状态时，文化的最清醒的那一部分思想，不可错误地认为他们已经不再是地位处于社会第一位置的人们了。

无论过去、现在，还是将来，平凡而普通的人们，永远是一个国家的绝大多数人。任何一个国家存在的意义，都首先是以他们的存在为存在的先决条件的。

一半以上不平凡的人皆出自于平凡的人之间。

这一点对于任何一个国家都是同样的。

因而平凡的人们的心理状态，在一定程度上几乎成为不平凡的人们的心理基因。

倘文化暗示平凡的人们其实是失败的人们，这的确能使某些平凡的人们通过各种方式变成较为“不平凡”的人；而从广大的心理健康的、乐观的、豁达的平凡的人们的阶层中，也能自然而然地产生较为“不平凡”的人们。

后一种“不平凡”的人们，综合素质将比前一种“不平凡”的人们方方面面都优良许多。因为他们之所以“不平凡”起来，并非由于害怕平凡。所以他们“不平凡”起来以后，也仍会觉得自己们其实很平凡。

而一个连不平凡的人们都觉得自己其实很平凡的人们组成的国家，它的前途才真的是无量的。反之，若一个国家里有太多这样的人——只不过将在别国极平凡的人生的状态，当成在本国证明自己是成功者的样板，那么这个国家是患着虚热症的。好比一个人脸色红彤彤的，不一定是健康；也可能是肝火，也可能是结核晕。

我们的文化，近年以各种方式向我们介绍了太多太多的所谓“不平凡”的人士们了，而且，最终往往的，对他们的“不平凡”的评价总是会落在他们的资产和身价上。这是一种穷怕了的国家经历的文化方面的后遗症，以至于某些呼风唤雨于一时的“不平凡”的人，转眼就变成了些行径苟且的，欺世盗名的，甚至罪状重叠的人。

一个许许多多人恐慌于平凡的社会，必层出如上的“不平凡”之人。

而文化如果不去关注和强调平凡者们第一位置的社会地位（尽管他们看去很弱，似乎已不值得文化分心费神）——那么，这样的文化，也就只有忙不迭地不遗余力地去为“不平凡”起来的人们大唱赞歌了，并且在“较高级”的利益方面与他们联系在一起。于是眼睁睁不见他们之中某些人的“不平凡”之可疑。

这乃是中国包括传媒在内的文化界、思想界；包括某些精英们在内的文化界、思想界的一种势利眼病……

人生和它的意义

确实，我曾多次被问到——“人生有什么意义？”往往，“人生”之后还要加上“究竟”二字。

迄今为止，世上出版过许许多多解答许许多多问题的书籍，证明一直有许许多多的人思考着许许多多的问题。依我想来，在同样许许多多的“世界之最”中，“人生有什么意义”这一个问题，肯定是人的头脑中所产生的最古老、最难以简要回答明白的一个问题吧？而如此这般的一个问题，又简直可以算得上是一个“哥德巴赫猜想”或“相对论”一类的经典问题吧？

动物只有感觉；而人有感受。

动物只有思维；而人有思想。

动物的思维只局限于“现在时”；而人的思想往往由“现在时”推测向“将来时”。

我想，“人生有什么意义”这一个问题，从本质上说，是从“现在时”出发对“将来时”的一种叩问。是对自身命运的一种叩问。世界上只有人关心自身的命运问题。“命运”一词，意味着将来怎样。它绝不是一个仅仅反映“现在时”的词。

“人生有什么意义”这一个问题既与人的思想活动有关，那么我们一查人类的思想史便会发现，原来人类早在几千年以前就希望自我解答“人生有什么意义”的问题了。古今中外，解答可谓千般百种，形形色色。似乎关于这一问题，早已无须再问，也早已无须再答了。可许许多多活在“现在时”的人却还是要一问再问，仿佛根本不曾被问过，也根本不曾有谁解答过。

确实，我回答过这一问题。

每次的回答都不尽相同；每次的回答自己都不满意；有时听了的人似乎还挺满意，但是我十分清楚，最迟第二天他们又会不满意。

因为我自己也时常困惑时常迷惘，时常怀疑，并时常觉出着自己人生的索然。

我想，“人生有什么意义”这一个问题，最初肯定源于人的头脑中的恐惧意识。人一次又一次许多次地目睹从植物到动物甚而到无生命之物的由生到灭由坚到损由盛到衰由有到无，于是心生出惆怅；人一次又一次许多次地眼见同类种种的死亡情形和与亲爱之人的生离死别，于是心生出生命无常人生苦短的感伤以及对死的本能恐惧——于是“人生有什么意义”的沮丧油然产生。在古代，这体现于一种对于生命脆弱性的恐惧。“老汉活到六十八，好比路旁草一棵；过了今年秋八月，不知来年活不活”。从前，人活七十古来稀，旧戏唱本中老生们类似的念白，最能道出人的无奈之感。而古希腊的哲学家们，亦有认为人生“不过是场梦幻，生命不过是一茎芦苇”的悲观思想。

然而现代了的人类，已有较强的能力掌控生命的天然寿数了。并已有较高的理性接受生死之规律了。现代了的人类却仍往往会叩问“人生的意义”何在，归根结底还是源于一种恐惧。这是不同于古人的一种恐惧。这是对所谓“人生质量”尝试过最初的追求而又屡遭挫折，于是竟以为终生无法实现的一种恐惧。这是几乎就要屈服于所谓“厄运”的摆布而打算听天由命时的一种恐惧。这种恐惧之中包含着理由难以获得公认而又程度很大的抱怨。是的，事情往往是这样，当谁长期不能摆脱“人生有什么意义”的纠缠时，谁也就往往真的会屈服于所谓“厄运”的摆布了；也就往往会真的听天由命了；也就往往会对人生持消极到了极点的态度。而那种情况之下，人生在谁那儿，也就往往会由“有什么意义”的疑惑，快速变成了“没有意义”的结论。

对于马，民间有种经验是——“立则好医，卧则难救”。那意思是指——马连睡觉都习惯于站着，只要它自己不放弃生存的本能意识，它总是会忍受着病痛之身顽强地站立着不肯卧倒下去；而它一旦竟病得卧倒了，证明它确实已病得不轻，也同时证明它本身生存的本能意识已被病痛大大地削弱了。而没有它本身生存本能意识的配合，良医良药也是难以治得好它的病的。所以兽医和马的主人，见马病得卧倒了，治好它的信心往往大受影响。他们要做的第一件事，又往往是用布托、绳索、带子兜住马腹，将马吊得站立起来，如同武打片中吊起那些飞檐走壁的演员们那一种做法。为什么呢？给马以信心。使马明白，它还没病到根本站立不住的地步。靠了那一种做法，真的会使马明白什么吧？我相信是能的。因为我下乡时多次亲眼看到，病马一旦靠了那一种做法站立着了，它的双眼竟往往会一下子晶亮了起来。它往往会咴咴嘶叫起来。听来那确乎有些激动的意味，有些又开始自信了的意味。

一般而言，儿童和少年不太会问"人生有什么意义"的话，他们倒是很相信人生总归是有些意义的，专等他们长大了去体会。厄运反而不容易一下子将他们从心理上压垮。因为父母和一切爱他们的人，往往会在他们不完全知情时，就默默替他们分担和承受了。老年人也不太会问"人生有什么意义"的话。问谁呢？对晚辈怎么问得出口呢？哪怕忍辱负重了一生，老年人也不太会问谁那么一句话。信佛的，只偶尔独自一个人在内心里默默地问佛。并不希冀解答，仅仅是委屈和抱怨的一种倾述而已。他们相信即使那么问了，佛品出了抱怨的意味，也是不会责怪他们的。反而，会理解于他们，体恤于他们。中年人是每每会问"人生有什么意义"的。相互问一句，或自说自话问自己一句。相互问时，回答显得多余。一切都似乎不言自明，于是相互获得某种心理的支持和安慰。自说自话问自己时，其实自己是完全知道这一种意义的。

上有老下有小的人生，对于大多数中年人都是有压力的人生。那压力常常使他们对人生的意义保持格外的清醒。人生的意义在他们那儿是有着另一种解释的——责任。

是的，责任即意义。是的，责任几乎成了大多数寻常百姓的中年人之人生的最大意义。对上一辈的责任、对儿女的责任、对家庭的责任，总而言之，是子女又为子女，是父母又为父母，是兄弟姐妹又为兄弟姐妹的林林总总的责任和义务，使他们必得对单位对职业也具有铭记在心的责任和义务。

在岗位和职业竞争空前激烈的今天，后一种责任和义务，是尽到前几种责任和义务的保障。这一点不须任何人提醒和教诲，中年人一向明白得很、清楚得很。中年人问或者仅仅在内心里寻思“人生有什么意义”时，事实上往往等于是在重温他们的责任课程，而不是真的有所怀疑。人只有到了中年时，才恍然大悟，原来从小盼着快快长大好好地追求和体会一番的人生的意义，除了种种的责任和义务，留给自己的，即纯粹属于自己的另外的人生的意义，实在是并不太多了。他们老了以后，甚至会继续以所尽之责任和义务尽得究竟怎样，来掂量自己的人生意义。“究竟”二字，在他们那儿，也另有标准和尺度。中年人，尤其是寻常百姓的中年人，尤其是中国之寻常百姓的中年人，其“人生的意义”，至今，如此而已，凡此而已。

“人生有什么意义”这一句话，在某些青年那儿，特别在是独生子女的小青年们那儿问出口时，含义与大多数是他们父母的中年人是根本不相同的。其含义往往是——如果我不能这样；如果我不能那样；如果我实际的人生并不像我希望的那样；如旲我希望的生活并不能服务于我的人生；如果我不快乐；如果我不满足；如果我爱的人却不爱我；如果爱我的人又爱上了别人；如果我奋斗了却以失败告终；如果我大大地付出了竟没有获得丰厚的回报；如果我忍辱负重了一番却仍竹篮打水一场空；如果……如果……那么人生对于我究竟还有什么意义？

他们哪里知道啊，对于他们的是中年人的父母，尤其是寻常百姓的中年人的父母，他们往往即是父母之人生的首要的、最大的，有时几乎是全部的意义。他们若是这样的，他们是父母之人生的意义；他们若是那样的，他们是父母之人生的意义；换言之，不论他们是怎样的，他们都是父母之人生的意义；而当他们倍觉人生没有意义时，他们还是父母之人生的意义；若他们奋斗成为所谓“成功者”了，他们的父母之人生的意义，于是似乎得到一种明证了；而他们若一生平凡着呢？尽管他们一生平凡着，他们仍是父母之人生的意义。普天下之中年人，很少像青年人一样，因了儿女之人生的平凡，而备感自己之人生的没意义。恰恰相反，他们越平凡，他们的平凡的父母，所意识到的责任便往往越大、越多……

由此我们得到一种结论，所谓“人生的意义”，它一向至少是由三部分组成的：一部分是纯粹自我的感受；一部分是爱自己和被自己所爱的人的感受；还有一部分是社会和更多有时甚至是千千万万别人们的感受。

当一个青年听到一个他渴望娶其为妻的姑娘说“我愿意”时，他由此顿觉人生饱含着一切意义了，那么这是纯粹自我的感受。

“世上只有妈妈好，有妈的孩子是块宝”——这两句歌词，其实唱出的更是作为母亲的女人的一种人生意义。也许她自己的人生是充满苦涩的，但其绝对不可低估的人生之意义，宝贵地体现在她的孩子身上了。

爱迪生之人生的意义，体现在享受电灯、电话等发明成果的全世界人身上；林肯之人生的意义，体现在当时美国获得解放的黑奴们身上；曼德拉的人生意义体现于南非这个国家了；而俄罗斯人民，一定会将普京之人生的意义，大书特书在他们的历史上……

如果一个人只从纯粹自我一方面的感受去追求所谓人生的意义，并且以为唯有这样才会获得最多最大的意义，那么他或她到头来一定所得极少。最多，也仅能得到三分之一罢了。但倘若一个人的人生在纯粹自我方面的意义缺少甚多，尽管其人生作为的性质是很崇高的；那么在获得尊敬的同时，必然也引起同情。比如阿拉法特，无论巴勒斯坦在他活着的时候能否实现艰难的建国之梦，他的人生之大意义对于巴勒斯坦人都是明摆在那儿的。然而，我深深地同情这一位将自己的人生完完全全民族目标化了的政治老人……

权力、财富、地位、高贵得无与伦比的生活方式，这其中任何一种都不能单一地构成人生的意义。即使合并起来加于一身，对于人生之意义而言，也还是嫌少。

这就是为什么戴安娜王妃活得不像我们常人以为的那般幸福的原因。贫穷、平凡、没有机会受到过高等教育终生从事收入低微的职业，这其中任何一种都不能单一地造成对人生意义的彻底抵消。即使合并起来也还是不能。因为哪怕命运从一个人身上夺走了人生的意义，却难以完全夺走另外一部分，就是体现在爱我们也被我们所爱的人身上的那一部分。哪怕仅仅是相依为命的爱人，或一个失去了我们就会感到悲伤万分的孩子……

而这一种人生之意义，即使卑微，对于爱我们也被我们所爱的人而言，可谓大矣！人生一切其他的意义，往往是在这一种最基本的意义上生长出来的。好比甘蔗是由它自身的某一小段生长出来的……

关于情感

世界上没人能对“情感”二字进行周详的诠释。迄今为止所有一切关于“情感”的解说加在一起，也还是无法将人性这复杂而又多彩的现象全部包含。正如迄今为止所有一切关于自然界的解说加在一起，并不能将自然界的种种现象分析得明明白白。

所以便有了这样的诗句：

比陆地更广大的是海洋，
比海洋更广大的是天空，
比天空更广大的是宇宙，
和宇宙一样广大的，
是人的心灵。

在这样的诗句中，“广大”一词的意思，据我想来，不仅仅是一种“维”的概念，或许更意味着其难以全面探究的无限性。

和“情感”二字联系得最紧密的是“心灵”一词，正如鱼必然使我们联想到水。

我们有心脏，心脏是实在的器官，解剖学早已证明了这一点。但解剖学从未在人身上发现过“心灵”是什么，也永远不可能发现。它根本就不存在。虽然它根本就不存在，人类却宁可信其有，不愿信其无。因为情感它需要有一个家。这比较符合人性之逻辑。故缺乏情感的人，常被形容为心灵冷漠。故倡导情感教育的人士们每每如此强调——谁都有心脏，但并非谁都有心灵可言。这意味着强调心灵是后天的，是某种人不重视其有无，便就似有似无的事物，或曰“东西”。而情感却是先天的，它分布在人性中，如江河之分布在大地上。环境的污染足以使江河淤塞，甚至断流、干涸。于是不但需要有清污船，还需要有水库。心灵是情感的水库；情感教育是情感的清污船。其实没谁强迫人类对自己进行什么情感教育。这纯粹源于人性的一种自觉。这自觉最初体现于宗教，也可以认为体现于一种恐惧——人类对人性恶的恐惧。人类在蒙昧时期恐惧自然界对自己的危害。人类越文明则越清楚地意识到——其实更值得恐惧的是人性自身的恶。人类尝此恶果远甚于自然界对自己的危害，于是人类只得靠了宗教来威吓自身。与从前的教规相比，后来的法律真是温和多了，也实事求是多了。

尽管我们难以对“情感”二字进行周详的诠释，却起码可以指出有些表现在许多时候所呈现的并非情感现象。

比如疼痛如果仅仅反应在肉体上，一般情况之下不是什么情感的现象，只有反应在心灵里的时候才是。

比如饮食的快感一般情况之下那不是什么情感的现象，但当宗教徒作餐前祷告之时，或流浪汉跪饮异域的泉水，倏忽间怀念起家院中的井以及父母亲人时，情况就大为不同了。

比如孩子独自在家看一般恐怖片的碟时害怕了，一般情况之下不是什么情感的现象；只有当听到父母回家的脚步声临近家门一跃而起跑去开门时，本能才刹那间转化为情感。

比如中了彩券的百万大奖高兴得眉开眼笑，一般情况之下不是什么情感的现象；随即想到要与最亲爱的人们共同分享那一幸运的时候才是。倘竟没有一个亲爱之人值得相告，那么那一种高兴和一头食肉动物偶获一餐时的“快乐”嚎叫没什么区别。

比如《卖火柴的小女孩》在冻死之前幻想到了老祖母在天堂向她伸出拥抱的手臂当然是情感的现象；孔乙己赊酒数茴香豆时也体现出丰富又微妙的情感现象——而婴儿的啼哭却是与“情感”二字没什么直接关系的。

现代的人类在本欲方面的要求是越来越强烈越来越多种多样五花八门了，但在情感的丰富和细腻方面，一个不争的事实是——似乎越来越退化了。

现代的人类企图回避这一真相，结果是越加的用本欲代替情感，并且进一步企图将二者混淆，以为就会在本欲大大满足的同时，也解决了情感匮乏的危机。

而这是自欺欺人的，只有人性才有自欺欺人的现象。

现代人的心灵，已不再像宇宙，倒有点儿像碳，什么都吸收，但自身不变。

在未来的时代，中国的一代代独生子女长大成人，渐渐主宰中国。人类情感质量退化的现象，呈现于中国，也许比呈现于世界任何国家都更咄咄逼人吧？

情感教育，对于中国，当是民族的必修之课。

如果我们能觉悟到这一点，为时还不算晚……

“理想”的误区

依我看来，“理想”这一词的词性，是不太好一言以蔽之地确定的。我总觉得它也可以被当成形容词。因为它所意象着的目标必是引诱人的。它还可以被当成动词。起码可以被当成动词的前导词。因为有了理想往往接着便有追求。追求跟着理想走。

人类有理想，国家有理想，民族有理想，每一个具体的个人，通常也都有理想。而具体的个人的理想，皆以他人的人生作参照。

在我们这个地球上，有一些人，一出生就已经是贵族了，甚至是王储，或公主……有一些人，一出生就已经是亿万富豪了，因为他或她命中注定是庞大遗产的继承者……有一些人，生逢其时，吉星高照，以几十年的苦心经营，终换来了累累商业硕果……有一些人，靠着天才的头脑，抓住了机遇，成了发明家，名下的专利自然而然地转化为滚滚钱钞……有一些人，赖父辈的家族的权力背景而立，捷足易登，仅仅几步就走向了奢侈的生活水平……有一些人，受“上帝”的青睐，胎里带着优秀的艺术细胞，于是而名而富……有一些人，由时代所选择，青年得志，功名利禄集齐一身……

商业时代的媒体，一向对这一些人大加宣传。仿佛他们的人生，既不但是大家的人生的样板，也是大家只要有志气，便都可以追求到的“理想”似的。

这一种宣传的弊端是，使我们这个时代的，尤其是中国的青少年群体之相当多的一部分，陷于对社会普遍规律对人生普遍规律的基本认识的误区。

我这样说，并不意味着我对以上“一些”人之人生持什么否定的态度。我又不是傻瓜，和每一个不是傻瓜的人一样，毫无保留地认为以上“一些”人的人生，乃是极其幸运的人生。谁若能成为以上“一些”人中的任何一类，无疑将活得特别潇洒。那样的人生确是一种福分。姑且不论那样的人生也包含着可敬的或可悲的付出。

我要指出的是，那样“一些”人，实在是我们这个地球上极少数的一类人，统统加起来，也只不过是几百万分之一，这还是指那样“一些”人中的“普通”类型。至于那样“一些”人中的佼佼者，则就是千万分之一了。比如整个亚洲半个世纪以来只出了一位李嘉诚和一位成龙。

那样“一些”人之人生，有的足以为我们提供成功人生的经验，有的却几乎没有任何可比因素。时代往往一次性地成全“一些”人的人生。时代完成它那一种使命，往往要具备不少先决的条件。时过境迁，条件改变了，那样“一些”人的人生，便非是靠志气和经验所能

"复制"的了，只在精神激励的方面有"超现实"的积极意义了……我主张有理想有志气的青少年，不必一味仰视着那样"一些"人开始走自己的人生之路：而首先要扫视一下自己的周围再确立自己的人生目标，再决定自己的人生究竟该怎么走。

扫视一下自己的周围便会发现，许许多多堪称优秀的男人或女人，在物质生活方面，其实都正过着仅比一般生活水平稍高一点儿的生活。他们毕业于名牌大学，他们留过学，他们有双学位甚至顶尖级的高学位，他们敬业而且在自己的专业领域有所成就，他们已经青春不再人届中年，他们有才华和才干，也有所谓的"知产"……但他们确乎地不是富有的"一些"人。他们的月薪相对高点，但绝非"大款"。他们住的相对宽敞但绝不敢奢想别墅。他们买得起私车但必是"捷达"或"普桑"。他们的人生能达到这样的程度，少说是在大学毕业后靠了五年的努力，多说靠了十年十五年的努力……如果算上他们从小学考初中，从初中考高中，从高中考大学，进而考硕考博所付出的孜孜不倦丝毫也不敢懈怠的学习方面的努力，那他们为已达到的现状在激烈竞争的社会中付出了多么沉甸甸的代价可想而知……

对于最最广大的中国人而言，没有他们那一种付出和努力，欲使自己的人生达到他们那样的程度也简直是异想天开！或曰：那也算是成功的人生吗？究竟可不可以算是成功的人生我不敢妄下断言。但我知道，那一种人生在中国已是很不容易争取到的人生。即使在日本、在美国、在我们的同胞世代生存的香港和台湾，普遍的努力的人生，也只不过便是那样的……我主张正为自己的人生蓄力储智的青少年，首先应将这样的人生定为追求的目标。它近些，对它的追求也现实些。我并不是在主张无为的人生。我只不过主张人生目标的追求要分阶段，每一阶段都要脚踏实地去走。

至于更高的人生的目标，更大的人生的志向，似应在接近了最近最现实的人生目标以后再拟计划……这便是我认为的社会的普遍规律和人生的普遍规律。倘连普遍都还难以超越，竟终日仰视“一些”人的极个别的人生，并且非那一种“理想”而不“追求”，则也许最终连拥有普遍的人生的资格都断送了……

解剖我的心灵

其实，依我想来，我们每一个人，都有若干机会，或曰若干时期，证明自己是一个心灵方面、人格方面的导师和教育家。区别在于，好的，不好的，甚而坏的，邪恶的。

我相信有人立刻就能领会我的意思，并赞同我的看法。会进一步指出，完全是这样——不过是在我们成为父亲或母亲之后。

这很对。但这非是我的主要的意思。

我的人生经验和教训告诉我——也许这世界上根本没有谁能够对我们施以终生的影响。根本没有谁能够对我们负起长久的责任。连对我们最具责任感的父母都不能够。正如我们做了父母，对自己的儿女也不能够一样，倘说确曾存在过能够对我们的心灵品质和人格品质的形成施以终生影响负起长久责任的某先生和某女士，那么他或她绝不会是别人。肯定的，乃是我们自己。

我们在我们是儿童的时候就已经开始教育我们自己了。

我们在我们是少年的时候，就已经开始怀疑甚至强烈排斥大人们对我们的教育了。处在那么一种年龄的我们自己，已经开始习惯于说“不，我认为……”了。我们正是从开始第一次这么说、这么想那一天起，自觉不自觉地进入了导师和教育家的角色。于是我们收下了我们“教育生涯”的第一个学生——我们自己。于是我们“师道尊严”起来，朝“绝对服从”这一方面培养我们的本能。于是我们更加防范别人，有时几乎是一切人，包括我们所敬爱的人们对我们的影响。如同一位导师不能容忍另一位导师对自己最心爱的弟子耳提面命一样……

我们在这样的心理过程中成了青年。这时我们对自己的“高等教育”已经临近结业。我们已经太像我们按照我们自己确定的“教育大纲”和自己编写的“教材”所预期的那一个男人或女人了。当然，我指的是心灵方面和人格方面。

四十多岁的我，看我自己和我周围人们的童年、少年和青年时期，仿佛翻阅了一册册“品行记录”。其上所载全是我们自己对自己的评语和希望。我的小学同学、中学同学、兵团知青战友，无论今天在社会地位坐标上显示出是怎样的人，其在心灵和人格方面的基本倾向，几乎全都一如当年。如果改变恐怕只有到了老年，因为老年时期是人的二番童年的重新开始。在这一点上，“返老还童”有普遍的意义。老年人，也许只有老年人，在临近生命终点的阶段，积一生几十年之反省的力量，才可能彻底否定自己对自己教育的失误。而中年人往往不能。中年人之大多数，几乎都可悲地执迷于早期自我教育的“原则”中东突西撞，无可奈其何。

童年的我曾是一个口吃得非常厉害的孩子，往往一句话说不出来，“啊啊呀呀”半天，憋红了脸还是说不出来。我常想我长大了可不能这样。父母为我犯愁却不知怎么办才好。我决定自己“拯救”我自己。这是一个漫长的“计划”。基本实现这一“计划”，我用了三十余年的时间。

少年时的我曾是一个爱撒谎的孩子，总企图靠谎话推掉我对某件错事的责任。

青年时期的我曾受过种种虚荣的不可抗拒的诱惑，而且嫉妒之心十分强烈。我常常竭力将虚荣心和嫉妒心成功地掩饰起来。每每地，也确实掩饰得很成功，但这成功却是拿虚伪换来的。

幸亏上帝在我的天性中赋予了一种细敏的羞耻感。靠了这一种羞耻感我才能够常常嫌恶自己。而我自己对自己的劣点的嫌恶，则从心灵的人格方面“拯救”了我自己。否则，我无法想象——一个少年时爱撒谎，青年时虚荣、嫉妒且虚伪的人，四十多岁的时候会成为一个怎样的男人？

所以，我对“自己教育自己”这句话深有领悟。它是我的人生信条之一。最主要的也是最重要的、首位的人生信条。

我想，“自己教育自己”，体现着人对自己的最大爱心，对自己的最高责任感。在这一点上，我们不能指望别人对我们比我们自己对自己更有义务。一个连这一种义务都丧失了的人，那么，便首先是一个连自己都不爱的人了。一个连自己都不爱的人，那么，他或她对异性的爱，其质量都肯定是低劣的。

我想，我们每个人生来都被赋予了一根具有威严性的“教鞭”。

它是我们人类天性之中的羞耻感。它使我们区别于一切兽类和禽类。我们唯有靠了它才能够有效地对自己实施心灵和人格方面的教育。通常我们将它寄放在叫做“社会文明环境”的匣子里。它是有可能消退也有可能常新的一种奇异的东西。我们久不用它，它就消退了。我们常用它指斥自己的心灵，它便是常新的。每一次我们自己对自己的心灵的指斥，都会使我们的羞耻感变得更加细敏而不至于麻木，都会使它更具有权威性而不至于丧失。它的权威性是摈除我们心灵里假丑恶的最好的工具，如果我们长久地将它寄存在“社会文明环境”这个匣子里不用，那么它过不了多久便会烂掉。因为那“匣子”本身，永远不是纯洁的真空。

我对自己的心灵进行“自我教育”的时间，肯定地将比我用意志校正自己口吃的时间长得多，因为我现在还在这样。但其“成果”，则比我校正自己口吃的“成果”相差甚远。在四十五岁的我的内心里，仍有许多腌腌臜臜的东西及某些丑陋的“寄生虫”。我的人格的另一面，依然是偏狭的，嫉名妒利的，暗求虚荣的，乃至无可奈何地虚伪着的。还有在别人遭到挫败时的卑劣的幸灾乐祸和快感。

有人肯定会认为像我这样活着太累。其实我的体会恰恰相反。内心里多一份真善美，我对自己的满意便增加一层。这带给我的更是愉悦。内心里多一份假丑恶，我对自己的不满意、沮丧、嫌恶乃至厌恶也便增加一层。人连对自己都不满意的时候还能满意谁满意什么？人连对自己都很厌恶的话又哪有什么美好的人生时光可言？

至今我仍是一个活在“好人山”之山脚下的人。仍是一个活在“坏人坑”之坑边上的人。在“山脚下”和“坑边上”两者之间，我手执人的羞耻感这一根“教鞭”，比以往任何时候都更加“师道尊严”地教诲我自己这一个“学生”。我深知我不是在“坑”内而是在“坑”边上，所幸全在于此。因为，从童年到少年到青年到现在，我受过的欺骗，遭到过的算计、陷害和突然袭击，多少次完全可能使我脚跟不稳身子一晃，索性栽入“坏人坑”里索性坏起来。在兵团、在大学、在京都文坛，有几次陷害和袭击，对我的来势几乎是置于死地的。

可我至今仍活在“好人山”脚下，有时细想想，这真不容易啊！

每个人的心灵都是一处院落。在未来的日子里，有许多人将会教给我们许多谋生的技艺和与人周旋的技巧，但为我们的心灵充当园丁的人，将很少很少。羞耻感这根人藉以自己教诲自己的“教鞭”，正大批地消退着，或者腐烂着。

朋友，如果你是爱自己的，如果你和我一样，存在于“山”之脚下和“坑”之边上，那么，执起“教鞭”吧……

倘我为马

马的一生像人的一生，也有着命运的区别。

军马的一生冲锋陷阵；赛马的一生争强好胜；野马的一生自由奔放；而役马一生如牛，注定了辛劳到死。

法国启蒙运动时期的卓越作家布封，写过大量动物素描的散文，其中著名的一篇就是《马》。

布封这篇散文简直可以说精美得空前绝后。因为对于马，我想，不可能有第二个人比布封写得更好。

布封认为："在所有动物中，马是身材高大而身体各部分又都配合得最匀称、最优美的。"

我也这么认为。

我觉得马堪称一切动物中的模特。

布封是那么热情地赞美野马。

他写道："它们行走着，它们奔驰着，它们腾跃着，既不受拘束，又没有节制；它们因不受羁勒而感觉自豪，它们避免和人打照面；它们不屑于受人照料，在无垠的草原上自由地生存……所以它们远比大多数家马强壮、轻捷和有劲；它们有大自然赋予的美质，也就是说，有充沛的精力和高贵的精神……"

是的，如果在对生命形式进行选择时，我竟不幸没了做人的资格，那么我将恳求造物主赐我为一匹野马。

成了作家，我在自己智力所及的前提之下，多少领略到了一些自由想象的快乐。

但我对于自由思想的权利的渴望，尤其是对公开表达我的思想的权利的渴望，也是何等之强烈啊！

想象的自由和思想的自由是不一样的。

美国电影《侏罗纪公园》是自由想象的成果；苏联小说《日瓦戈医生》是自由思想的作品。前者赚取着金钱，后者付出了代价。

如果我的渴望真的是奢侈的，那么——就让我变成一匹野马，在行动上去追求更大的自由吧！

我知道是野马就难免会被狮子捕食了。

在我享受了野马那一种自由之后，我认野马不幸落入狮口那一种命。

做不成野马，做战马也行。

因为在战场上，战马和战士的关系，使人和动物的关系上升到了一种几乎完全平等的程度。一切动物中，只有战马能做到这一点。它和人一样出生入死，表现出丝毫也不逊于人的勇敢无畏的牺牲精神。

“不会说话的战友”——除了战马，没有另外的任何动物，能使人以“战友”相视。人对动物，再也没有如此之高的评价。当然，军犬也被人视为“战友”。猎人对猎犬也很依赖。但军犬何曾经历过战马所经历的那一种枪林弹雨炮火硝烟？再大的狩猎场面，又岂能与大战役那一种排山倒海般的悲壮相提并论？

不能如野马般自由地生，何妨像战马似的豪迈地死！

大战前，几乎每一名战士都会情不自禁地对他的战马喃喃自语，诉说些彼此肝胆相照的话。战马那时昂头而立的姿态是那么高贵。它和人面对面地注视着，眼睛闪烁，目光激动又坦率。

它仿佛在用它的目光说：人，你完全可以信任我，并应该像信任你自己一样。

在古今中外的战场上，战马舍生救战士的事多多。战士落难，往往还要杀了战马，饮它的血，食它的肉。

人善于分析人的心理，但目前还没有一篇文字，记录过战马将要被无奈的战士所杀前的心理。

连布封也没写到过。

倘我为战马，倘我也落此下场，倘我后来又有幸轮回为人，我一定将这一点当成我的文学使命写出来……

我相信战马那时是无怨无悔的。虽然，我同时相信，战马也会像人一样感到命运安排的无限悲怆。

倘我为战马，我也会凝视着战士向我举起的枪口，或刺向我颈脉的尖刀，宽宏又镇定。

因为战斗或战役的胜利，最后要靠战士，而不能指望战马。因为那胜利，乃战士和战马共同的任务。因为既是战马，它的眼一定见惯了战士的前仆后继，肝脑涂地，惨伤壮死。

战士已然如此，战马何惧死哉？

在内蒙古电影制片厂优秀导演赛夫的一部电影中，有一段三四分钟之久的长镜头，将几名骑着战马驰骋在草原上的战士的身姿拍摄得令人赞叹不已——

夕阳如血，草原广袤而静谧。斯时人马浑然一体。马在草原上鹰似的飞翔，人在鞍上蝶似的翻转。人仿佛是马的一部分；马也仿佛是人的一部分。人马合二为一，协调着无比优美的律动，仿佛天生便是两种搭配在一起的生命。

我觉得那堪称中国电影史上关于人和马的最经典的镜头。

战马的生命与战士的生命，既达到过那么密不可分的境界，既相互地完全属于过，战马倘为战士而死，死得其所！死而无憾！

> 车辚辚，马萧萧，行人弓箭各在腰。
> 爷娘妻子走相送，尘埃不见咸阳桥。
> ……

无论何时，吟杜工部的《兵车行》，常不禁悲泪潸潸。既为男儿，亦为战马。

战斗结束，若战士荣归，战马生还，战士总会对战马表示一番友爱。

战马此时的神态是相当矜持的。它不会因而得意忘形。不会犬似的摇尾巴。它对夸奖历来能保持高贵的淡然。

这是我尤敬战马的一点。

倘做不成战马，做役马也行。

布封对役马颇多同情的贬义。

他在文中写道："它的教育以丧失自由而开始，以接受束缚告终；它被奴役和驯养得已太普遍、太悠久，以至于我们看见它们时，很少是处在自由状态中；它们在劳动中经常是披着鞍辔的；它们总是带着奴役的标志，并且还带着劳动与痛苦所给予的残酷痕迹——嘴巴被衔铁勒出的皱纹使嘴变了形，腹部留下着被马腹带磨光了毛的深痕，蹄子也都被铁钉洞穿了……"

但某些人身上，不是也曾留下了劳动者的标志么？手上的老茧，肩上的死肉疙瘩，等等。

只要那劳动对世界是有益无害的，我不拒绝劳动；只要我力所能及，我愿承担起繁重的劳动；只要我劳动时人不在我头顶上挥鞭子，我不会觉得劳动对一匹役马来说是什么惩罚……

正如我不情愿做宠犬，我绝不做那样的一类马——"就是那些在奴役状况之下看似自我感觉最良好的马，那些只为着人摆阔绰，壮观瞻而喂着的马，供奉着的马，那些为着满足主人的虚荣而戴上金银饰物的马。它们额上复着妍丽的一撮毛，颈鬃编成了细辫，满身盖着丝绸和锦毡。这一切之侮辱马性，较之它们脚下的铁蹄还有过之无不及"。

是的，纵然我为马，我也还是要求一些马性的尊严的。故我宁肯充当役马，也绝不做以上那一种似乎很神气的马。因为我知道，役马还起码可以部分地保留自己的一点儿脾气。以上那一种马，却连一点儿脾气都不敢有。人宠它，是以它应绝对地没有脾气为前提的……

我也不做赛马。

我不喜欢参与竞争。不喜欢对抗式的活动。这也许正是我几乎不看任何体育赛事的主要原因……

马是从不互相攻击互相伤害的动物，它们从来不发生追踏一只小兽或向同类劫夺一点儿东西的事件。

马群是最和平相处的动物群体。即使在发情期，两匹公马之间，也不至于为争夺配偶而势不两立你死我活。我们都知道的，那样的恶斗，甚至在似乎气质高贵的公鹿之间和似乎温良恭让的公野羊之间，也是司空见惯的。

倘我为马，我愿模范地遵守马作为马的种种原则。

我将恪守马性的尊严。

而我最不愿变成的，是希腊神话传说中的人马——要么是人，要么是马；要么什么也不是，请上帝干脆没收了我轮回的资格！

我与我们的共和国

我是我们共和国的同龄人。

我是有过“知青”经历的那一代人中的一个。

我对我们这一代人的一种了解那就是——普遍而言，具有着十分强烈的爱国心。我不认为我这么说是大言不惭的自诩。“国”者，大“家”也。在一个家庭中，规律现象是，长子长女对家的感情总是会更深一些。因为他们和她们，是第一批和家发生唇齿关系的子女，也是第一批与父母亲经历家庭发展过程的人。每一个家庭的长子或长女们，对于那个家庭的以往今昔，几乎都能说出和父母相差无几的深切感受。如果一个家庭是从一穷二白的起点好不容易奔上富裕之路的，那么长子长女们的记忆之中，无疑会烙下那艰难过程的不可磨灭的印象。正是那一印象，决定了他们和她们在思想、感情两方面，对家庭命运的尤其关注，尤其在乎，尤其重视，也决定了他们和她们，尤其愿意多承担一些责任和义务。这也就是为什么，长子和长女们谈到自己家庭的以往今昔时，每每大动其情甚至唏嘘起来的缘故。

在我们的共和国隆重庆祝她成立六十周年的今天，我想说——我们这一代，是曾为她流过不少泪，哭过不少次的。当年作为知青的我们中人，多思少眠之夜，想的不仅仅是以后个人的命运。特别是在我们知青岁月的后期，对国家命运的焦虑，超过了我们对自己命运的迷惘。我想说，在当年，但凡是一个思想并未麻木，并不浑浑噩噩混日子的知青，谁没和知己经常讨论过国家命运呢？我参加过的一次黑龙江生产建设兵团的知青文艺骨干创作学习班，正是由于成为国家命运之自发的也是人人情怀难抑的秘密讨论会，而被勒令解散了。随后，我们许多人成了被调查对象。在当年，必然会是那样的。

我想说，我成为复旦大学之工农兵学员以后，有次在宿舍里当着几名同学的面高歌电影《洪湖赤卫队》插曲，唱至“砍头只当风吹帽”一句，哽咽不能唱下去，几名同学皆泪盈满眶。我们忧国爱国的心是相通的。当年的我们，确乎都没有足够之勇气为国家命运公开大声疾呼过什么，但与那样一些敢于舍身为国的人，心也是相通的。

粉碎“四人帮”后，几乎我们整整一代人的空前感奋，真的可以用手舞足蹈来形容啊！

大约是新中国成立三十五周年前夕，我写过一篇短文——《让我们用热血浇灌祖国》，似乎是发表在《读书》上。那时我也年轻，文章的题目和行文，难免像激情诗。但那一种情怀，却是真诚的，发自内心的。

在后来的某次文艺研讨会上，我曾说——爱国之对于我们这一代人，总体而言，不是一种什么“主义”，首先是我们的情感必然……

现在，二十五年又过去了，我见证了中国改革开放所取得的巨大成就，也极为关注在成就的背后及细节所呈现的种种问题、弊端。我也由作家而多了另一种身份——政协委员。

我不认为政协委员对于我是荣誉。

论到荣誉，我更希望是由我的创作和我的教师职业所获得的。

我认为政协委员是种国家要求、人民要求，同时也应成为我自己对自己的要求。

我认为对于我们这个国家而言，改革尚未成功，开放也并未足够。

故我最后要说——祖国，继续努力啊！

年轻着的人们，在提高从业能力的同时，也要提高为国家排忧解难的能力啊！后浪应推前浪啊！

我的少年时代

怎么地，自己就成了一个四十多岁的人了呢？

仿佛站在人生的山头上。五十岁的年龄已正在向我招手。如俗话常说的——“转眼间的事儿”。我还看见六十岁的年龄拉着五十岁的年龄的手。我知道再接着我该从人生的山头上往下走了。如太阳已经过了中午。不管我情愿不情愿，我必须接受这样一个现实……

于是茫然地，不免频频回首追寻消失在岁月里的童年和少年时代。

我是一个穷人家的孩子。父亲是建筑工人，中国的第一代建筑工人。我六岁的时候他到大西北去了。以后我每隔几年才能见到他一面。在十年“文革”中我只见过他三次。我三十三岁那一年他退休了。在我三十三岁至四十岁的七年中，父亲到北京来，和我住过一年多。1988年5月他再次来北京，已是七十七岁的老人了。这一年的十月，父亲病逝在北京。

父亲靠体力劳动者的低微工资养活我和弟弟妹妹们。我常觉得我欠父亲很多很多。我总想回报。其实没能回报。如今这一愿望再也不可能实现。

母亲也是七十多岁的老人了。在我的印象中，母亲就没穿过新衣服。我是扯着母亲的破衣襟长大的。如今母亲是很有几件新衣服了。但她不穿。她说，都老太婆了，还分什么新的旧的。年轻时没穿过体面的，老了，更没那种要好的情绪了……

小胡同，大杂院，破住房，整日被穷困鞭笞得愁眉不展的母亲，窝窝头、野菜粥、补丁连补丁的衣服、露脚趾的鞋子……这一切构成我童年和少年时期的物质的内容。

那么精神的呢？想不起有什么精神的。却有过一些渴望——渴望有一个像样的铅笔盒，里面有几支新买的铅笔和一支书写流利的钢笔；渴望有一个像样的书包；渴望在过队日时穿一身像样的队服；渴望某一天一觉醒来睁开眼睛，惊喜地发现家住的破败的小泥土房变成了起码像样子的房子。也就是起码门是门，窗是窗，棚顶是棚顶，四壁是四壁。而在某一隅，摆着一张小小的旧桌子，并且它是属于我的。我可以完全占据它写作业，学习……如果这些渴望都可以算是属于精神的，那么就是了。

小学三年级起我是“特困生”“免费生”。初中一年级起我享受助学金。每学期三元五角。现在回想起来似乎是不可思议的事情。每学期三元五角，每个月七角钱。为了这每个月七角钱的助学金，常使我不知如何自我表现，才能觉得自己是一个够资格享受助学金的学生。那是一种很大的精神负担和心理负担。用今天时髦的说法，“活得累”。对于童年和少年时期的我，由于穷困所逼，学校和家都是缺少亮色和欢乐的地方……

回忆不过就是回忆而已。写出来则似乎便有“忆苦”的意味儿。我更想说的其实是这样两种思想——我们的共和国它毕竟在发展和发达着。咄咄逼人的穷困虽然仍在某些地方和地区存在着，但就大多数人而言，尤其在城市里，当年那一种穷困，毕竟是不普遍的了。如果恰恰读我这一篇短文的同学，亦是今天的一个贫家子弟，我希望他或她能产生这样的想法——梁晓声能从贫困的童年和少年度过到人生的中年，我为何不能？我的中年，将比他的中年，还将是更不负年龄的中年呢！

一个人的童年和少年，十分幸福，无忧无虑，被富裕的生活所宠爱着，固然是令人羡慕的，固然是一件幸事。我祝愿一切下一代人，都有这样的童年和少年。

但是，如果一个人的童年和少年不是这样，也不必看成是一件很不幸的事。不必以为，自己便是天下最不幸的人了。更不必耽于自哀自怜。我的童年和少年，教我较早地懂了许多别的孩子尚不太懂的东西——对父母的体恤，对兄弟姐妹的爱心，对一切被穷困所纠缠的人们的同情，而不是歧视他们，对于生活负面施加给人的磨难的承受力，自己要求于自己的种种的责任感，以及对于生活里一切美好事物的本能的向往，和对人世间一切美好情感的珍重……

这些，对于一个人的一生，都是有益处的。也可以认为，是生活将穷困施加在某人身上，同时赏赐于某人的补偿吧。倘人不用心灵去吸取这些，那么穷困除了是丑恶，对人生多少有点儿促进的作用都没有了……

愿人人都有幸福的童年和少年……

玫瑰天堂

一种几乎终生的行业，必然铸成一个人明显的性格特点。建筑师们，是不会将他们设计的蓝图给予建筑工人——也即那些砖瓦灰泥匠们过目的。然而哪一座伟大的宏伟建筑，不是建筑工人们一砖一瓦盖起来的呢？正是那每一砖每一瓦，日复一日、月复一月、年复一年地，十几年、几十年地，培养成了一种认认真真的责任感。一种对未来之大厦矗立的高度的可敬的责任感。他们虽然明知，他们所参与的，不过一砖一瓦之劳，却甘愿通过他们的一砖一瓦之劳，促成别人的冠冕之功。

——《父亲的演员生涯》

母亲依然每日将蜗牛们爱吃的菜蔬之最鲜嫩的部分，细细剁碎，撒于那棵树下……

——《母亲养蜗牛》

第一支钢笔

它是黑色的，笔身粗大，外观笨拙。全裸的笔尖、旋拧的笔帽。胶皮笔囊内没有夹管，吸墨水时，捏一下，缓慢鼓起。墨水吸得太足，写字常常“呕吐”，弄脏纸和手。我使用它，已经二十多年了。笔尖劈过，断过，被我磨齐了，也磨短了。笔道很粗，写一个笔画多的字，大稿纸的两个格子也容不下。已不能再用它写作，只能写便笺或信封。

它是我使用的第一支钢笔，母亲给我买的。那一年，我升入小学五年级。学校规定，每星期有两堂钢笔字课。某些作业，要求学生必须用钢笔完成。全班每一个同学，都有了一支崭新的钢笔。有的同学甚至有两支。我却没有钢笔可用，连支旧的也没有。我只有蘸水钢笔，每次完成钢笔作业，右手总被墨水染蓝。染蓝了的手又将作业本弄脏。我常因此而感到委屈，做梦都想得到一支崭新的钢笔。

一天，我终于哭闹起来，折断了那支蘸水笔，逼着母亲非立刻给买一支吸水笔不可。

母亲对我说："孩子，妈妈不是答应过你，等你爸爸寄回钱来，一定给你买支吸水笔吗？"

我不停地哭闹，喊叫："不，不，我今天就要。你去给我借钱买。"

母亲叹了口气，为难地说："你这孩子，真不懂事。这月买粮的钱，是向邻居借的；交房费的钱，也是向领导借的；给你妹妹看病，还是向领导借的钱。为了今天给你买一支吸水笔，你就非逼着妈妈再去向邻居借钱吗？叫妈妈怎么张得开口啊？"

我却不管母亲好不好意思再向邻居张口借钱，哭闹得更凶。母亲心烦了，打了我两巴掌。我赌气哭着跑出了家门……

那天下雨，我在雨中游荡了大半日不回家，衣服淋湿了，头脑也淋得平静了，心中不免后悔自责起来。是啊，家里生活困难，仅靠在外地工作的父亲每月寄回几十元钱过日子，母亲不得不经常向邻居开口借钱。母亲是个很顾脸面的人，每次向邻居家借钱，都需鼓起一番勇气。

我怎么能为了买一支吸水笔，就那样为难母亲呢？我觉得自己真是太对不起母亲了。

于是我产生了一个念头，要靠自己挣钱买一支钢笔。这个念头一产生，我就冒雨朝火车站走去。火车站附近有座坡度很陡的桥，一些大孩子常等在坡下，帮拉货的手推车夫们推上坡，可讨得五分钱或一角钱。

我走到那座大桥下，等待许久，不见有推车来。雨越下越大，我只好站到一棵树下躲雨。雨点劈劈啪啪地抽打着肥大的杨树叶，冲刷着马路。马路上不见一个行人的影子，只有公共汽车偶尔驶来驶去。几根电线杆子远处，就迷迷蒙蒙地看不清楚什么了。

我正感到沮丧，想离开，雨又太大，等下去，肚子又饿，忽然发现了一辆手推车，装载着几层高高的木箱子，遮盖着雨布。拉车人在大雨中缓慢地、一步步地朝这里拉来。看得出，那人拉得非常吃力，腰弯得很低，上身几乎俯得与地面平行了，两条裤腿都挽到膝盖以上，双臂拼力压住车把，每迈一步，似乎都使出了浑身的劲儿。那人没穿雨衣，头上戴顶草帽。由于他上身俯得太低，无法看清他的脸，也不知他是个老头儿，还是个小伙儿。

他刚将车拉到大桥坡下，我便从树下一跃而出，大声问："要帮一把吗？"

他应了一声。我没听清他应的是什么，明白是正需要我"帮一把"的意思，就赶快绕到车后，一点也不隐藏力气地推起来。车上不知拉的何物，非常沉重。还未推到半坡，我便一点力气也没有了，双腿发软，气喘吁吁。那时我才知道，对于有些人来说，钱并非容易挣到的。即使一角钱，也是并非容易挣到的。我还空着肚子呢。又推了几步，实在推不动了，产生了"偷劲"的念头。反正拉车人是看不见我的。我刚刚松懈了一点力气，就觉得车轮顺坡倒转。不行，不容我"偷劲"。那拉车人，也肯定是凭着最后一点力气在坚持，在顽强地向坡上拉。我不忍心"偷劲"了。我咬紧牙关，憋足一股力气，发出一个孩子用力时的哼哼声，一步接一步，机械地向前迈动步子。

车轮忽然转动得迅速起来。我这才知道，已经将车推上了坡，开始下坡了。手推车飞快朝坡下冲，那拉车人身子太轻，压不住车把，反被车把将身子悬起来，腿离了地面，控制不住车的方向。幸亏车的方向并未偏往马路中间，始终贴着人行道边，一直滑到坡底才缓缓停下。

我一直跟在车后跑，车停了，我也站住了。那拉车人刚转过身，我便向他伸出一只手，大声说："给钱。"

那拉车人呆呆地望着我，一动不动，也不掏钱，也不说话。

我仰起脸看他，不由得愣住了。"他"……原来是母亲。

雨水，混合着汗水，从母亲憔悴的脸上直往下淌。母亲的衣服完全淋透了，像从水里捞出来的一样，湿漉漉地贴在身上，显出了她那瘦削的两肩的轮廓。她胸口剧烈地起伏着，脸色苍白，大口大口地喘着气。

我望着母亲，母亲望着我，我们母子完全怔住了。

就在那一天，我得到了那支钢笔，梦寐以求的钢笔。

母亲将它放在我手中时，满怀期望地说："孩子，你要用功读书啊。你要是不用功读书，就太对不起妈妈了……"

在我的学生时代，我一刻都没有忘记过母亲满怀期望对我说的这番话。

如今，二十多年过去了，我已经是个成年人了，母亲变成老太婆了。那支笔，也可以说早已完成它的历史使命了。但我，却要永远保存它，永远珍视它，永远不抛弃它。

给哥哥的信

亲爱的哥哥：

提笔给你写此信，真是百感交集。亦羞愧难当，无地自容！

屈指算来，弟弟妹妹们各自成家，哥哥入院，十五六年矣！这十五六年间，我竟一次也没探望过哥哥，甚至也没给哥哥写过一封信，我可算是个什么样的弟弟啊！

回想从前的日子，哥哥没生病时，曾给予过我多少手足关怀和爱护啊！记得有次我感冒发烧，数日不退，哥哥请了假不上学，终日与母亲长守床边，服侍我吃药，用凉毛巾为我退烧。而那正是哥哥小学升中学的考试前夕呀！那一种手足亲情，绵绵温馨，历历在目。

我别的什么都不想吃，只要吃“带馅儿的点心”，哥哥就接了母亲给的两角多钱，二话不说，冒雨跑出家门。那一天的雨多大呀！家中连件雨衣连把雨伞都没有，天又快黑了，哥哥出家门时只头戴了一顶破草帽。哥哥跑遍了家附近的小店，都没有“带馅儿的点心”卖。哥哥为了我这个弟弟能在病中吃上“带馅儿的点心”，却不死心，冒大雨跑往市里去了。手中只攥着两角多钱，自然舍不得花掉一角多钱来回乘车。那样，剩下的钱恐怕连买一块“带馅儿的点心”也不够了。一个多小时后哥哥才回到家里，像落汤鸡，衣服裤子湿得能拧出半盆水！草帽被风刮去了，路上摔了几跤，膝盖也破了，淌着血。可哥哥终于为我买回了两块“带馅儿的点心”。点心因哥哥摔跤掉在雨水里，泡湿了。放在小盘里端在我面前时，已快拿不起来了。哥哥见点心成了那样子，一下就哭了……哥哥反觉太对不起我这个偏想吃“带馅儿的点心”的弟弟！唉，唉，我这个不懂事的弟弟呀，明知天在下雨，明知天快黑了，干吗非想吃“带馅儿的点心”呢？不是借着点儿病由闹娇情吗？

还记得我上小学六年级，哥哥刚上高中时，我将家中的一把玻璃刀借给同学家用，被弄丢了。当时父亲已来过家信，说是就要回哈市探家了。父亲是工人。他爱工具。玻璃刀尤其是他认为宝贵的工具。的确啊，在当年，不是哪一个工人想有一把玻璃刀就可以有的。我怕受父亲的责骂，那些日子忐忑不安。而哥哥安慰我，一再说会替我担过。果然，父亲回到家里以后，有天要为家里的破窗换块玻璃，发现玻璃刀不见了，严厉询问，我吓得不敢吱声儿。哥哥鼓起勇气说，是被他借给人了。父亲要哥哥第二天讨回来，哥哥第二天当然是无法将一把玻璃刀交给父亲的。推说忘了。第三天，哥哥不得不“承认”是被自己弄丢了——结果哥哥挨了父亲一耳光。那一耳光是哥哥替我挨的呀……

哥哥的病，完完全全是被一个“穷”字愁苦出来的。哥哥考大学没错。上大学也没错。因为那也是除了父亲而外，母亲及弟弟妹妹们非常支持的呀！父亲自然也有父亲的难处。他当年已五十多岁了，自觉力气大不如前了。对于一名靠力气挣钱的建筑工人，每望着眼前一个个未成年的儿女，他深受着父亲抚养责任的压力哪！哥哥上大学并非出于一己抱负的自私，父亲反对哥哥上大学，主张哥哥早日工作，也是迫于家境的无奈啊！一句话，一个穷字，当年毁了一考入大学就被选为全校学生会主席的哥哥……

我下乡以后，我们还经常通信是不哥哥？别人每将哥哥的信转给我，都会不禁地问：“谁给你写的信，字迹真好，是位练过书法的人吧?”

我将自己写的几首小诗寄给哥哥看，哥哥立刻明白——弟弟心里产生爱了！我也就很快地收到了哥哥的回信——一首词体的回信。太久了，我只能记住其中两句了——“遥遥相望锁唇舌，却将心相印，此情最可珍”。

即使在我下乡那些年，哥哥对我的关怀也依然是那么的温馨，信中每嘱我万勿酣睡于荒野之地，怕我被毒虫和毒蛇咬；嘱我万勿乱吃野果野蘑，怕我中毒；嘱我万勿擅动农机具，怕我出事故；嘱我万勿到河中戏水，怕下乡前还不会游泳的我被溺……

哥哥，自我大学毕业分配在北京以后，和哥哥的通信就中断了。其间回过哈市五六次，每次都来去匆匆，竟每次都没去医院探望过哥哥！这是我最自责，最内疚，最难以原谅自己的！

哥哥，亲爱的哥哥，但是我请求你的原谅和宽恕。家中的居住情况，因弟弟妹妹们各自结婚，二十八平米的破陋住房，前盖后接，不得不被分隔为四个“单元”。几乎每一尺空间都堆满了东西——这我看在眼里，怎么能不忧愁在心中呢？怎么能让父亲母亲在那样不堪的居住条件之下度过晚年呢？怎么能让弟弟妹妹们在那样不堪的居住条件之下生儿育女呢？连过年过节也不能接哥哥回家团圆，其实，乃因家中已没了哥哥的床位呀！是将哥哥在精神病院那一张床位，当成了哥哥在什么旅馆的永久“包床”啊！细想想，于父母亲和弟弟妹妹，是多么的万般无奈！于哥哥，又是多么的残酷！哥哥的病本没那么严重啊！如果家境不劣，哥哥的病早就好了！哥哥在病中，不是还曾在几所中学代过课吗？从数理化到文史地，不是都讲得很不错吗……

我十余年中，每次回哈，都是身负着特殊使命一样，为家中解决住房问题，为弟弟妹妹解决工作问题呀！是心中想念，却顾不上去医院探望哥哥啊！当年我其实也是心有余而力不足，豁出自尊四处求助，往往事倍功半罢了……

如今，我可以欣慰地告诉哥哥了——我多年的稿费加上幸逢拆迁，弟弟妹妹的住房都已解决；弟弟妹妹们的工作都较安稳，虽收入低，但过百姓日子总还是过得下去的；弟弟妹妹们的三个女儿，也都上了高中或中专……

如今，我可以欣慰地告诉哥哥了——父母二老还都健在，早已接来北京与我住在一起……

望哥哥接此信后，一切都不必挂念。

春节快到了——春节前，我将雷打不动地回哈市，将哥哥从医院接出，与哥哥共度春节……

今年五月，我将再次回哈市，再次将哥哥从医院接出，陪哥哥旅游半个月……

如哥哥同意，我愿那之后，与哥哥同回北京——哥哥的晚年，可与我生活在一起……

如哥哥心恋哈市亲情旧友多，那么，我将为哥哥在哈市郊区买一套房，装修妥善，布置周全——那里将是哥哥的家。

总之，我不要亲爱的哥哥再住在精神病院里！

总之，我要竭尽全力为哥哥组建一个家庭，为哥哥积攒一笔钱，以保证哥哥晚年能过无忧无虑的正常的家庭生活！

哥哥本来早就是可以像正常人一样过家庭生活的啊！这一点是连医生们心中都清楚的啊！只不过从前弟弟顾不上哥哥，只不过从前弟弟没有那份儿经济能力……

哥哥，亲爱的哥哥——你实实在在是受了天大委屈！哥哥，亲爱的哥哥——耐心等我，我们不久就要在一起过春节了！哥哥，亲爱的哥哥——紧紧地拥抱你！

你亲爱的弟弟绍生

1999年1月20日于北京

（注：十年前失去了老父亲，去年又失去了老母亲，我乃天下一孤儿了！没有老父亲老母亲的感觉，一点儿也不好。特别的不好！我宁愿要那种“上有老，下有小”的沉重，而不愿以永失父子母子的天伦亲情，去换一份卸却沉重的轻松。于我，其实从未觉得真的是什么沉重，而觉得是人生的一种福分，现在，没法再享那一种福分了！我

真羡慕父母健康长寿的儿女！现在，对哥哥的义务和责任，乃我最大的义务和责任之一了。对哥哥的亲情，因十五六年间的顾不上的落失，现在对我尤其显得宝贵了。我要赶快为哥哥做。倘在将做未做之际而痛失哥哥，我想，我心的亲情伤口怕就难以愈合了。故有此信。)

父母是最朴素的人文

一年一度，又逢母亲节、父亲节。

我的意识中，母亲像一棵树，父亲像一座山。他们教育我很多朴素的为人处世道理，令我终生受益。我觉得，对于每一个人，父母早期的家教都具有初级的朴素的人文元素。我作品中的平民化倾向，同父母从小对我的教育和影响密不可分。

我出生在哈尔滨市一个建筑工人家庭，兄妹五人，为了抚养我们五个孩子，父亲在我很小的时候就到外地工作，每月把钱寄回家。他是国家第一代建筑工人。母亲在家里要照顾我们五个孩子的生活，非常辛劳。母亲给我的印象像一棵树，我当时上学时看到的那种树——秋天不落叶，要等到来年春天，新叶长出来后枯叶才落去。

当时父亲的工资很低，每次寄回来的钱都无法维持家中的生活开支，看着我们五个正处在成长时期的孩子，食不饱腹，鞋难护足，母亲就向邻居借钱。她有一种特别的本领，那就是能隔几条街借到熟人的钱。我想，这是她好人缘所起的作用。尽管这样，我们因为贫困还是生活得很艰难，五个孩子还是经常挨饿。

一次，我小学放学回家走在路上，肚子饿得咕咕叫，正无精打采往家赶时，看到一个老大爷赶着马车从我面前走过。一股香喷喷的豆饼味迎面扑来，我立即向老大爷的马车看过去，发现马车上有一块豆饼。我本来就饿，再加上豆饼香味的刺激，当时只有一个念头，拿着豆饼填饱肚子。我趁着老大爷不注意，抱起他身旁唯一的一块豆饼，拔腿就跑。

老大爷拿着马鞭一直在后面追我，我跑进家里，他不知道我一下子跑入了哪间房子。我心惊胆战地躲在家里，可没想到他还是找到了我家。

"你看到一个偷我豆饼的小孩儿了吗？"老大爷问我母亲。

母亲对发生的事全然不知。老大爷就把事情的经过给母亲详细说了一遍，然后蹲在地上沮丧地说："我是农村的庄稼人，专门替别人给城里的人家送菜，每次送完菜，没有工钱，就得到四分之一块豆饼，可没想到半路上豆饼被一个学生娃给抢了，可怜我家里还有妻子和孩子，就靠这点豆饼充饥……"

母亲听完后，立即命令我把豆饼还给了老大爷。他走了十几米远后，母亲突然喊住了他。母亲将家中仅剩的几个土豆和窝头送给了他，老大爷看到玉米面做的窝头时，就像一个从未见过粮食的人一样，眼睛放亮，一边不停地说着感谢的话一边流着眼泪。

母亲回到家时，我以为她会打骂我，可她没有，她要等所有的孩子都回来。晚饭后，她要我将自己的行为说了一遍，然后她才严厉地教训我："如果你不能从小就明白一个人绝不可以做哪些事，我又怎么能指望你以后是一个社会上的好人？如果你以后在社会上都不能是一个好人，当母亲的又能从你那里获得什么安慰？"这些道理不在书本里，不在课堂上，却使我一生受益。

当时我家虽然非常穷，但母亲还是非常支持我读书，穷日子里的读书时光对我来说是最快乐的。当时家中买菜等事都由我去做，只要剩两三分钱，母亲就让我自己留着。现在两三分钱掉到地上是没人捡的，那时五分钱可以去商店买一大碟咸菜丝，一家人可以吃上两顿，两分钱可以买一斤青菜，有时五分钱母亲也让我自己拿着。我拿着这些钱去看小人书。《红旗谱》在同学那里借来读过后，才知道还有下集，上下两部加起来一块八毛多一点，我还清楚地记得书的封面是浅绿色的，画有红缨枪，颜色很鲜红，我很喜欢，非常想看这本书的下集。当时正读中学，我下了很大的决心才鼓起勇气去找母亲要钱。

那天下午两点多，我来到母亲做工的小厂。进去一看，原来母亲是在一个由仓库改成的厂房里做工。厂房不通风，也不见阳光，冬天冷夏天热，每个缝纫机的上方都吊着一个很低的灯泡。因为只有灯泡瓦数很高，才能看得见做活。厂房很热，每个人都戴着厚厚的口罩，整个车间像一个纱厂一样，空中飞舞着红色的棉絮，所有母亲戴的口罩上都沾满了红色的棉絮，头发上、脸上、眼睫毛上也都是，很难辨认哪位是我母亲。

我一直不知道母亲是在这样的环境下工作，后来还是母亲的同事帮我找到了她。见到母亲，本来找她要钱的我，一时竟说不出话来。

母亲说："什么事说吧，我还要干活。"

"我要钱。"

"你要钱做什么呀。"

"我要买书。"

"梁嫂，你不能这样惯孩子，能给他读书就不错了，还买什么书呀。"母亲的工友纷纷劝道。

"他呀，也只有这样一个爱好，读书反正不是什么坏事。"母亲说完把钱掏给了我。

拿着母亲给的钱，我的心情很沉重，本来还沉浸在马上拥有新书的喜悦中，现在一点儿买书的念头都没有了。当时我心里很内疚，因为母亲在那里工作了两年多，我一直不知道她在那里。我一次都没有看望过她，我也没有钱孝敬她，我怀着这样的心情去用母亲给的钱给她买了罐头。

母亲看到我买的罐头反而生气了，然后又给了我钱去买书。那时我就拥有了完整的《红旗谱》和《播火记》，我非常喜欢这两本书。这件事给我的印象很深，以至于后来参加工作后我的第一件事就是花了二三十元钱，给母亲买回所有款式的罐头和点心。母亲看着我买的礼物，泪流满面。她把这些罐头擦得很亮，整整齐齐地摆在桌子上。

母亲最令我感动的事是发生在三年自然灾害期间的那件事。当时因为我们家里小孩儿多，所以政府给了我们家一点粮食补贴，补了五至十斤粮食吧。月底的最后一天，家里一点粮食都没有了，揭不开锅，母亲就拿着饭盆将几个空面粉袋子一边抖一边刮，终于刮出了一些残余的面粉。母亲把它做成了一点疙瘩汤，然后在小院子里摆上凳子。

正在我们吃饭的时候，来了一个讨饭的。那是一个留着长胡子的老人，衣服穿得很破，脸看上去也有几天没洗。他看着我们几个孩子喝疙瘩汤的时候，显得非常馋。母亲给他端来洗脸水后，又给他搬凳子，把她自己的那份疙瘩汤盛给了他而自己却饿着肚子。

然而被邻居看到后，不知是开居委会时谁把这个事讲出来了，说我们家粮食多得吃不完，还在家中招待要饭的人。从这以后，我们家就再也没有粮食补贴了。可我母亲对这件事并没有后悔，她对我们说你们长大后也要这样。我觉得有时母亲做的某些小事都具有对儿童和少年早期人文教育的色彩。我现在教育我的学生时也经常这样讲，少写一点初恋、郁闷，少写一点流行与时尚，多想一下自己的父母，如果连自己的父母都不了解，谈何了解天下。

我们这一代人的父母，几乎没有过过一天幸福的晚年。老舍在写他的母亲时说，我母亲没有穿过一件好衣服，没有吃过一顿好饭，我拿什么来写母亲。我能感受到作者当时的心情。萧乾在写他母亲时说，他当时终于参加工作并把第一个月的工资拿来给母亲买罐头，当他把罐头喂给病床上的母亲时，她已经停止了呼吸。季羡林在回忆他母亲时写道，我后悔到北京到清华学习，如果不是这样，我母亲也不会那么辛苦培养我读书。我母亲生病时，都没有告诉我，等我回到家时，母亲已经去世，我当时恨不得一头撞在母亲的棺木上，随她一起去……这样的父母很多，如果我们的父母也长寿，到街心公园打打太极拳，提着鸟笼子散散步，过生日时给他们送上一个大蛋糕，春节一家人到酒店吃一顿饭，甚至去旅游，我们心中也会释然。如果我们少一点粗声粗气地对母亲说话，惹她生气；如果我们能多抽出一点时间来陪陪母亲，那就好了。我想全世界的儿女都是孝的，只要我们仔细看一下“老”字和“孝”字，上面都是一样的，“老”字非常像一个老人半跪着，人到老年要生病，记性不好，像小孩儿，不再是那个威严的教育你的父母，他变成弱势的了，在别人面前还有尊严，在你面前却要依靠……

最后我想说，爱是双向的。只有父母对孩子的爱，没有孩子对父母的爱，这种爱是不完整的。父母养育孩子，子女尊敬父母，爱是人间共同的情怀和关爱。

父亲的演员生涯

父亲去世已经一个月了。

我仍为我的父亲戴着黑纱。

有几次出门前，我将黑纱摘了下来，但倏忽间，内心里涌起一种怅然若失的情感。戚戚地，我便又戴上了。我不可能永不摘下。我想。这是一种纯粹的个人情感。尽管这一种个人情感在我有不可殚言的虔意。我必得从伤绪之中解脱。也是无须别人劝慰，我自己明白的。然而怀念是一种相会的形式。我们每个人的情感都曾一度依赖于它……

这一个月里，又有电影或电视剧制片人员，到我家来请父亲去当群众演员。他们走后，我就独自静坐，回想起父亲当群众演员的一些微事……

1984年至1986年，父亲栖居北京的两年，曾在五六部电影和电视剧中当过群众演员。在北影院内，甚至范围缩小到我当年居住的十九号楼内，这乃是司空见惯的事。

父亲被选去当群众演员，毫无疑问地最初是由于他那十分惹人注目的胡子。父亲的胡子留得很长。长及上衣第二颗纽扣。总体银白。须梢金黄。谁见了谁都对我说：梁晓声，你老父亲的一把大胡子真帅！

父亲生前极爱惜他的胡子。兜里常揣着一柄木质小梳。闲来无事，就梳理。

记得有一次，我的儿子梁爽，天真发问："爷爷，你睡觉的时候，胡子是在被窝里，还是在被窝外呀？"

父亲一时答不上来。

那天晚上，父亲竟至于因为他的胡子而几乎彻夜失眠。竟至于捅醒我的母亲，问自己一向睡觉的时候，胡子究竟是在被窝里还是在被窝外。无论他将胡子放在被窝里还是放在被窝外，总觉得不那么对劲……

父亲第一次当群众演员，在《泥人常传奇》剧组。导演是李文化。副导演先找了父亲。父亲说得征求我的意见。父亲大概将当群众演员这回事看得太重，以为便等于投身了艺术。所以希望我替他做主，判断他到底能不能胜任。父亲从来不做自己胜任不了之事。他一生不喜欢那种滥竽充数的人。

我替父亲拒绝了。那时群众演员的酬金才两元。我之所以拒绝不是因为酬金低，而是因为我不愿我的老父亲在摄影机前被人呼来唤去的。

李文化亲自来找我——说他这部影片的群众演员中，少了一位长胡子老头儿。

“放心，我吩咐对老人家要格外尊重，要像尊重老演员们一样还不行么？”——他这么保证。

无奈我只好违心同意。

从此，父亲便开始了他的“演员生涯”——更准确地说，是“群众演员”生涯——在他七十四岁的时候……

父亲演的尽是迎着镜头走过来或背着镜头走过去的“角色”。说那也算“角色”，是太夸大其词了。不同的服装，使我的老父亲在镜头前成为老绅士、老乞丐，摆烟摊的或挑菜行卖的……

不久，便常有人对我说：“哎呀晓声，你父亲真好。演戏认真极了！”

父亲做什么事都认真极了。

但那也算“演戏”么？

我每每一笑罢之。然而听到别人夸奖自己的父亲，内心里总是高兴的。

一次，我从办公室回家，经过北影一条街——就是那条旧北京假影街，见父亲端端地坐在台阶上。而导演们在摄影机前指手画脚地议论什么，不像再有群众场面要拍的样子。

时已中午，我走到父亲跟前，说：“爸爸，你还坐在这儿干什么呀？回家吃饭！”

父亲说：“不行。我不能离开。”

我问：“为什么？”

父亲回答：“我们导演说了——别的群众演员没事儿了，可以打发走了。但这位老人不能走，我还用得着他！”

父亲的语调中，很有一种自豪感似的。

父亲坐得很特别。那是一种正襟危坐。他身上的演员服，是一件褐色绸质长袍。他将长袍的后摆，掀起来搭在背上。而将长袍的前摆，卷起来放在膝上。他不依墙，也不靠什么。就那样子端端地坐着，也不知已经坐了多久。分明的，他唯恐使那长袍沾了灰土或弄褶皱了……

父亲不肯离开，我只好去问导演。导演却已经把我的老父亲忘在脑后了，一个劲儿地向我道歉……中国之电影电视剧，群众演员的问题，对任何一位导演，都是很沮丧的事。往往地，需要十个群众演员，预先得组织十五六个，真开拍了，剩下一半就算不错。有些群众演员，钱一到手，人也便脚底板抹油，溜了。群众演员，在这一点上，倒可谓相当出色地演着我们现实中的些个“群众”、些个中国人。

难得有父亲这样的群众演员。我细思忖，都愿请我的老父亲当群众演员，当然并不完全因为他的胡子。那两年内，父亲睡在我的办公室。有时我因写作到深夜，常和父亲一块儿睡在办公室。有一天夜里，下起了大雨。我被雷声惊醒，翻了个身，黑暗中，恍恍地，发现父亲披着衣服坐在折叠床上吸烟。我好生奇怪，不安地询问：“爸，你怎了？为什么夜里不睡吸烟？爸你是不是有什么心事啊？”黑暗之中，但闻父亲叹了口气。许久，才听他说：“唉，我为我们导演发愁哇！他就怕这几天下雨……”

父亲不论在哪一个剧组当群众演员，都一概地称导演为“我们导演”。从这种称谓中我听得出来，他是把他自己——一个迎着镜头走过来或背着镜头走过去的群众演员，与一位导演之间联得太紧密了。

或者反过来说，他是把一位导演，与一个迎着镜头走过来或背着镜头走过去的群众演员联得太紧密了。

而我认为这是荒唐的。而我认为这实实在在是很犯不上的。我嘟哝地说：“爸，你替他操这份心干吗？下雨不下雨的，与你有什么关系？睡吧睡吧！”“有你这么说话的么？”父亲教训我道，“全厂两千来人，等着这一部电影早拍完，才好发工资，发奖金！你不明白？你一点不关心？”

我佯装没听到，不吭声。

父亲刚来时，对于北影的事，常以“你们厂”如何如何而发议论，而发感慨。不知从什么时候开始，他不说“你们厂”了，只说“厂里”了。倒好像，他就是北影的一员。甚至倒好像，他就是北影的厂长……

天亮后，我起来，见父亲站在窗前发怔。我也不说什么。怕一说，使他觉得听了逆耳，惹他不高兴。后来父亲东找西找的。我问找什么。他说找雨具。他说要亲自到拍摄现场去，看看今天究竟是能拍还是不能拍。他自言自语：“雨小多了嘛！万一能拍呐？万一能拍，我们导演找不到我，我们导演岂不是要发急么？……”听他那口气，仿佛他是主角。我说：“爸，我替你打个电话，向你们剧组问问不就行了么？”父亲不语，算是默许了。于是我就到走廊去打电话。其实是给我自己打电话。回到办公室，我对父亲说：“电话打过了。你们组里今天不拍戏。”——我明知今天准拍不成。父亲火了，冲我吼：“你怎么骗我?！你明明不是给我剧组打电话！我听得清清楚楚。你当我耳聋么？”父亲他怒赳赳地就走出去了。我站在办公室窗口，见父亲在雨中大步疾行，不免羞愧。对于这样一位太认真的老父亲，我一筹莫展……父亲还在朝鲜人民共和国选景于中国的一个什么影片中担当过群众演员。当父亲穿上一身朝鲜民族服装后，别提多么的像一位朝鲜老人了。那位朝鲜导演也一直把他视为一位朝鲜老人。后来得知他不是，表示了很大的惊讶，也对父亲表示了很大的谢意，并单独同父亲合影留念。

那一天父亲特别高兴，对我说："我们中国的古人，主张干什么事都认真。要当群众演员，咱们就认认真真地当群众演员。咱们这样的中国人，外国人能不看重你么？"

记得有天晚上，是一个星期六的晚上。我和妻子和老父母一块儿包饺子。父亲擀皮儿。忽然父亲长叹一声，喃喃地说："唉，人啊，活着活着，就老了……"

一句话，使我、妻、母亲面面相觑。母亲说："人，谁没老的时候？老了就老了呗！"父亲说："你不懂。"妻煮饺子时，小声对我说："爸今天是怎么了？你问问他。一句话说得全家怪纳闷怪伤感的……"吃过晚饭，我和父亲一同去办公室休息。睡前，我试探地问："爸，你今天又不高兴了么？"父亲说："高兴啊。有什么不高兴的！"我说："那怎么包饺子的时候叹气，还自言自语老了老了的？"父亲笑了，说："昨天，我们导演指示——给这老爷子一句台词！连台词都让我说了，那不真算是演员了么？我那么说你听着可以么？……"我恍然大悟——原来父亲是在背台词。我就说："爸，我的话，也许你又不爱听。其实你愿怎么说都行！反正到时候，不会让你自己配音，得找个人替你再说一遍这句话……"父亲果然又不高兴了。父亲又以教训的口吻说："要是都像你这种态度，那电影，能拍好么？老百姓当然不愿意看！一句台词，光是说说的事么？脸上的模样要是不对劲，不就成了嘴里说阴，脸上作晴了么？"父亲的一番话，倒使我哑口无言。惭愧的是，我连父亲不但在其中当群众演员，而且说过一句台词的这部电影，究竟是哪个厂拍的，片名是什么，至今一无所知。我说得出片名的，仅仅三部电影——《泥人常传奇》《四世同堂》《白龙剑》。前几天，电视里重播电影《白龙剑》，妻忽指着屏幕说："梁爽你看你爷爷！"我正在看书，目光立刻从书上移开，投向屏幕——哪里有父亲的影子……我急问："在哪儿在哪儿？"妻说："走过去了。"

是啊，父亲所"演"的，不过就是些迎着镜头走过来或背着镜头走过去的群众角色。走的时间最长的，也不过就十几秒钟。然而父亲的确是一位极认真极投入的群众演员——与父亲"合作"过的导演们都这么说……

在我写这篇文字时，又有人打来电话——

"梁晓声？……"

"是我。"

"我们想请你父亲演个群众角色啊！……"

"这……我父亲已经去世了……"

"去世了？……对不起……"

对方的失望大大多于对方的歉意。

如今之中国人，认真做事认真做人的，实在不多了。如今之中国人，仿佛对一切事都没了责任感。连当着官的人，都不大肯愿意认真地当官了。

有些事，在我，也渐渐地开始不很认真了。似乎认真首先是对自己很吃亏的事。

父亲一生认真做人，认真做事。连当群众演员，也认真到可爱的程度。这大概首先与他愿意是分不开的。一个退了休的老建筑工人，忽然在摄影机前走来走去，肯定地是他的一份儿愉悦。人对自己极反感之事，想要认真也是认真不起来的。这样解释，是完全解释得通的。但是我——他的儿子，如果仅仅得出这样的解释，则证明我对自己的父亲太缺乏了解了！

我想——“认真”二字，之所以成为父亲性格的主要特点，也许更因为他是一位建筑工人。几乎一辈子都是一位建筑工人。而且是一位优秀的获得过无数次奖状的建筑工人。

一种几乎终生的行业，必然铸成一个人明显的性格特点。建筑师们，是不会将他们设计的蓝图给予建筑工人——也即那些砖瓦灰泥匠们过目的。然而哪一座伟大的宏伟建筑，不是建筑工人们一砖一瓦盖起来的呢？正是那每一砖每一瓦，日复一日、月复一月、年复一年地，十几年、几十年地，培养成了一种认认真真的责任感。一种对未来之大厦矗立的高度的可敬的责任感。他们虽然明知，他们所参与的，不过一砖一瓦之劳，却甘愿通过他们的一砖一瓦之劳，促成别人的冠冕之功。

他们的认真乃因为这正是他们的愉悦！

愿我们的生活中，对他人之事的认真，并能从中油然引出自己之愉悦的品格，发扬光大起来吧！

父亲是一个普通得不能再普通的人。父亲曾是一个认真的群众演员。或者说，父亲是一个“本色”的群众演员。

以我的父亲为镜，我常不免地问我自己——在生活这大舞台上，我也是演员么？我是一个什么样的演员呢？就表演艺术而言，我崇敬性格演员。就现实中人而言，恰恰相反，我崇敬每一个“本色”的人，而十分警惕“性格演员”……

父亲的遗物

我站在椅上打开吊柜寻找东西，蓦地看见角落里那一只手拎包。它是黑色的，革的，很旧的，拉锁已经拉不严了，有的地方已经破了。虽然在吊柜里，竟也还是落了一层灰尘。

我呆呆站在椅上看着它，像一条走失了多日又终于嗅着熟悉的气味儿回到了家里的小狗看着主人……

那是父亲生前用的手拎包啊！

父亲病故十余年了，手拎包在吊柜的那一个角落也放了十余年了。有时我会想到它在那儿。如同一个读书人有时会想到对自己影响特别大的某一部书在书架的第几排。更多的日子里更多的时候，我会忘记它在那儿，忘记自己曾经是儿子的种种体会……

十余年中，我不止一次地打开过吊柜，也不止一次地看见过父亲的手拎包，但是却从没把它取下过。事实上我怕被它引起思父的感伤。从少年时期至青年时期至现在，我几乎一向处在多愁善感的心态中。我觉得我这个人被那一种心态实在缠绕得太久了。我怕陷入不可名状的亲情的回忆。我承认我每有逃避的企图……

然而这一次我的手却不禁地向父亲的遗物伸了过去。近年来我内心里常涌起一种越来越强烈的倾诉愿望，但是我却不愿被任何人看出我其实也有此愿。这一种封闭在内心里的愿望，那一时刻使我对父亲的遗物备觉亲切。尽管我知道那即使不是父亲的遗物而是父亲本人仍活着，我也断不会向父亲倾诉我人生的疲惫感。

我的手伸出又缩回，几经犹豫，最终还是把手拎包取了下来……

我并没打开它。

我认真仔细地把灰尘擦尽，转而腾出衣橱的一格，将它放入衣橱里了。我那么做时心情很内疚。因为那手拎包作为父亲的遗物，早就该放在一处更适当的地方。而十余年中，它却一直被放在吊柜的一角。那绝不是该放一位父亲的遗物的地方。一个对自己父亲感情很深的儿子，也是不该让自己父亲的遗物落满了灰尘的啊！

我不必打开它，也知里面装的什么——一把刮胡刀。在我很小的时候，就见过父亲用那一把刮胡刀刮胡子。父亲的络腮胡子很重，刮时发出刺啦刺啦的响声。父亲死前，刮胡刀的刀刃已被用窄了，大约只有原先的一半那么宽了。因为父亲的胡子硬，每用一次，必磨一次。父亲的胡子又长得快，一个月刮五六次，磨五六次，四十几年的岁月里，刀刃自然耗损明显。如今，连一些理发店里，也用起安全刀片来了。父亲那一把刮胡刀，接近于文物了……

手拎包里还有一个小小的牛皮套，其内是父亲的印章。父亲一辈子只刻过那么一枚印章。木质的，比我用的钢笔的笔身粗不到哪儿去。父亲一生离不开那印章。是工人时每月领工资要用，退休后每三个月寄来一次退休金，每月六十余元，一年仅用数次……

一对玉石健身球，是我花五十元为父亲买的。父亲听我说是玉石的，虽然我强调我只花了五十元，父亲还是觉得那一对健身球特别宝贵似的。他只偶尔转在手里，之后立刻归放盒中。其中一只被他孙子小时候非要去玩，结果掉在阳台的水泥地上摔裂了一条纹……

父亲当时心疼得直跺脚，连说："哎呀，哎呀，你呀，你呀！真败家，这是玉石的你知道不知道哇！……"

再有，就是父亲身份证的影印件了。原件在办理死亡证明时被收缴注销了。我预先影印了，留作纪念。手拎包的里面，还有一层。那道拉锁是好的，影印件就在夹层里。

除了以上东西，父亲这一位中国第一代建筑工人，再就没留下什么遗物了。仅有的这几件遗物中，健身球还是他的儿子给他买的。

手拎包的拉锁，父亲生前曾打算换过，但那要花三元多钱。花钱方面仔细了一辈子的父亲舍不得花三元多钱。父亲曾试图自己换，结果发现皮革已有些糟了，"咬"不住线了，自己没换成。我曾给过父亲一只开什么会发的真皮的手拎包。父亲却将那真皮的手拎包收起来了，舍不得用。他生前竟没往那真皮的手拎包里装过任何东西……

他那只旧拎包夹层的拉锁既然仍是好的，父亲就格外在意地保养它，方法是经常为它打蜡。父亲还往拉锁上安了一个纽扣那么大的小锁。因为那夹层里放过对父亲来说极重要的东西——有六千元整的存折。那是父亲一生的积攒。他常说是为他的孙子我的儿子积攒的……

父亲逝前一个月，我为父亲买了六七盒“蛋白注射液”，大约用了近三千元钱。我明知那绝不能治愈父亲的癌症，仅为我自己获得一点儿做儿子的心理安慰罢了。父亲那一天状态很好，目光特别温柔地望着我笑了。

可母亲走到了父亲的病床边，满脸忧愁地说：“你有多少钱啊？买这种药能报销吗？你想把你那点儿稿费都花光呀？你们一家三口以后不过了呀？……”

当时，已为父亲花了一万多元，父亲的单位效益不好，还一分钱也没给报销。母亲是知道这一点的。在已无药可医的丈夫和她的儿子之间，尤其当母亲看出我这个儿子似乎要不惜一切代价地延缓父亲的生命时，她的一种很大的忧虑便开始转向我这一方面了……

当我捧着药给父亲看，告诉父亲那药对治好父亲的病疗效多么显著时，却听母亲从旁说出那种话，我的心情可想而知……仰躺着已瘦得虚脱了的父亲低声说：“如果我得的是治不好的病，就听你妈的话，别浪费钱了……”沉默片刻，又说：“儿子，我不怕死。”再听了父亲的话，我心凄然。那药是我求人写了条子，骑自行车到很远的医院去买回来的呀！进门后脸上的汗还没来得及擦一下呀……结果我在父亲的病床边向母亲大声嚷嚷了起来……“妈妈，你再说这种话，最好回哈尔滨算了！……”我甚至对母亲说出了如此伤她老人家心的冷言冷语……

母亲是那么地忍辱负重。她默默地听我大声嚷嚷，一言不发。而我却觉得自己的孝心被破坏了，还哭了……母亲听我宣泄够了，离开了家，直至半夜十一点多才回家。如今想来，母亲也肯定是在外边的什么地方默默哭过的……哦，上帝，上帝，我真该死啊！当时我为什么不能以感动的心情去理解老母亲的话呢？我伤母亲的心竟怎么那么的近于冷酷呀?！一个月后，父亲去世了；母亲回哈尔滨了……心里总想着应向母亲认错，可直至母亲也去世了，认错的话竟没机会对母亲说过……

母亲留下的遗物就更少了。我选了一条围脖和一个半导体收音机。围脖当年的冬季我一直围着，企图借以重温母子亲情。半导体收音机是我为母亲买的，现在给哥哥带到北京的精神病院去了。他也不听。我想哪次我去看他，要带回来，保存着。我写字的房间里，挂着父亲的遗像——一位面容慈祥的美须老人；书架上摆着父亲和我们兄弟四人一个妹妹青少年时期的合影，都穿着棉衣。我们一家竟没有一张“全家福”。在哈尔滨市的四弟家里，有我们年龄更小时与母亲的合影。那是夏季的合影。那时母亲才四十来岁，看上去还挺年轻……父亲在世时，常对我儿子说：“你呀，你呀，几辈子人的福，全让你一个人享着了！”现在上了高三的儿子，却从不认为他幸福。面临高考竞争的心理压力，也使儿子过早地体会了人生的疲惫……现在，我自己竟每每想到死这个字了。我也不怕死。只是觉得，还有些亲情责任未尽周全。我是根本不相信另一个世界之存在的。但有时也孩子气地想：倘果有冥间，那么岂不就省了投胎转世的麻烦，直接地又可以去做父母的儿子了吗？那么我将再也不会伤父母的心了。

在我们这个阳世没尽到的孝，我就有机会在阴间弥补遗憾了。阴间一定有些早夭的孩子，那么我愿在阴间做他们的老师。阴间一定没有升学竞争吧？那么孩子们和我双方的教与学一定是轻松快乐的。我希望父亲做一名老校工。我相信父亲一定会做得非常敬业。我希望母亲为那阴间的学校养群鸡。母亲爱养鸡。我希望阴间的孩子们天天都有鸡蛋吃。这想法其实并不使我悲观。恰恰相反，常使我感觉到某种乐观的呼唤。故我又每每孩子气地在心里说：爸爸，妈妈，耐心等我……

母亲养蜗牛

母亲是住惯了大杂院的。

大杂院自有大杂院的温馨。邻里处得好，仿佛一个大家庭。故母亲初住在北京我这里时，被寂寞所囿的情形简直令我感到凄楚。单位只有一幢宿舍楼，大部分职工是中青年，当然不是母亲聊天的对象。由于年龄、经历、所关注事物之不同，除了工作方面的话题，甚至也不是我的聊天对象。我是早已习惯了寂寞的人，视清静为一天的好运气，一种特殊享受。而且我也早已习惯了自己和自己诉说，习惯了心灵的独白。那最佳方式便是写作。稿债多多，默默地落笔自语，成了我无法改变的生活定律了。

我们住的这幢楼，大多数日子，几乎是一幢空楼。白天是，晚上仿佛也是。人们在更多的时候不属于家，而属于摄制组。于是母亲几乎便是一位被“软禁”的老人了……

为了排遣母亲的寂寞，我向北影借了一只鹦鹉。就是电影《红楼梦》中黛玉养在“潇湘馆”的那一只。一个时期内，它成了母亲的伴友，常与母亲对望着，听母亲诉说不休。偶尔发一声叫，或嘎唔一阵，似乎就是“对话”了。但它有“工作”，是“明星”，不久又被“请”去拍电影了。母亲便又陷入寂寞和孤独的苦闷之中……

幸而住在我们楼上的人家“雪中送炭”，赠予母亲几只小蜗牛。并传授饲养方法，交代注意事项。那几个小东西，只有小指甲的一半儿那么大，呈粉红色，半透明，隐约可见内中居住着不轻易外出的胎儿似的小生命。其壳看上去极薄极脆，似乎不小心用指头一碰，便会碎了。

母亲非常喜欢它们，视若宝贝，将它们安置在一个漂亮的装过茶叶的铁盒儿里，还预先垫了潮湿的细沙。有了那么几个小生命，母亲似乎又有了需精心照料和养育的儿女了。七十多岁的老太太，仿佛又变成一位责任感很强的年轻的母亲。她要经常将那小铁盒儿放在窗台上，盒盖儿敞开一半，使那些小东西能够晒晒太阳。并且，要很久很久地守着，看着，怕它们爬到盒子外边，爬丢了。就好比一位母亲守在床边儿，看着婴儿在床上爬，满面洋溢母爱，一步不敢离开。唯恐一转身之际，婴儿会摔在地下似的。连雨天，母亲担心那些小生命着凉，就将茶叶盒儿放在温水中，使沙子能被温水焐暖些。它们爱吃的是白菜心儿、苦瓜冬瓜之类，母亲便将这些蔬菜最好的部分，细细剁了，撒在盒儿内。一次不能撒多。多了，它们吃不完，腐烂在盒儿内，则必会影响“环境卫生”，有损它们健康。它们是些很胆怯的小生命，盒子微微一动，立即缩回壳里。它们又是些天生的“居士”，更多的时候，足不出“户”，深钻在沙子里，如同专执一念打算成仙得道之人，早已将红尘看破，排除一切凡间滋扰，“猫”在深山古洞内苦苦修行。它们又是那么的羞涩，宛如大门不出二门不迈的名门闺秀。正应了那句话，真人不露相，露相不真人。偶尔潜出“闺阁”，总是缓移“莲步”，像提防好色之徒，攀墙缘树偷窥芳容玉貌似的。觉得安全，则便与它们的“总角之好”在小小的“后花园”比肩而行。或一对对，隐于一隅，用细微微的触角互相爱抚、表达亲昵……

母亲日渐一日地对它们有了特殊的感情。那种感情，是与小生命的一种无言的心灵之倾诉和心灵之交流。而那些甘于寂寞，与世无争、与同类无争的小生命，也向母亲奉献了愉悦的观赏的乐趣。有时，我为了讨母亲的欢心，常停止写作，与母亲共同观赏……

八岁的儿子也对它们产生了浓厚的兴趣。也开始经常捧着那漂亮的小蜗牛们的“城堡”观赏。那一种观赏的眼神儿，闪烁着希望之光。都是希望之光，但与母亲观赏时的眼神儿，有着质的区别……

“奶奶，它们怎么还不长大啊？”

“快了，不是已经长大一些了么？”

“奶奶，它们能长多大呀？”

“能长到你的拳头那么大呢！”

“奶奶，你吃过蜗牛么？”

“吃？……”

“我们同学就吃过，说可好吃了！”

“哦……兴许吧……”

“奶奶，我也要吃蜗牛！我要吃辣味儿蜗牛！我还要喝蜗牛汤！

我同学的妈妈说，可有营养了！小孩儿常喝蜗牛汤聪明……”

“这……”

“奶奶，你答应我嘛！”

“它们现在还小哇……”

“我有耐性等它们长大了再吃它们。不，我要等它们生出小蜗牛以后再吃它们。这样我不就永远可以吃下去了么？奶奶你说是不是？……”

母亲愕然。

我阻止他：“不许你存这份念头！不许你再跟奶奶说这种话！难道缺你肉吃了么？馋鬼，你是一头食肉动物哇？”

儿子眨巴眨巴眼睛，受了天大委屈似的，一副要哭的模样……

母亲便哄：“好，好，等它们长大了，奶奶一定做了给你吃。”我说：“不能什么事儿都依他！由我替奶奶保护它们，看谁敢再提要吃它们！”

儿子理直气壮地说：“吃猪肉、羊肉、牛肉可以，吃鸡肉可以，吃烤鸭可以，为什么吃蜗牛就不行？”

我晓之以理：“我们吃的是肉……”

儿子说：“我想吃的也是蜗牛肉呀，我说吃它们的壳了么？”

我说：“你得明白，人自己养的东西，是舍不得弄死了吃的。这个道理，是尊重生命的道理……”

儿子顶撞我：“你骗小孩儿！你尊重生命了么？上次别人送给你的蚕茧儿，活着的，还在动呢，你就给用油炸了！奶奶不吃，妈妈不吃，我也不吃，全被你一个人吃了！我看你吃得可香呢！……”

我无言以对。

从此，儿子似乎更认为，首先在理论上，有极其充分的、天经地义的、无可辩驳的吃蜗牛的根据了……

从此，母亲观看那些小生命的时候，儿子肯定也凑过去观看……

先是，儿子问它们为什么还没长大，而母亲肯定地回答——它们分明已经长大了……

后来是，儿子确定地说，它们分明已经长大了。不是长大了些，而是长大了许多，而母亲总是摇头——根本就没长……

然而，不管母亲怎么想，怎么说，也不管儿子怎么想，怎么说，那些小小的生命，的的确确是天天长大着。在母亲的精心饲养下，长得很迅速。壳儿开始变黑了，变硬了。不再是些仿佛不经意地用指头轻轻一碰就易破碎的小东西了，它们的头和它们的柔软的身躯，从它们背着的“房屋”内探出时，也有形有状了，憨态可掬，很有妙趣了。它们的触角，也变粗变长了，俩俩一对儿，在盒之一隅卿卿我我，“耳鬓厮磨”之际，更显得情意缱绻，斯文百种了……

那漂亮的茶叶盒儿，对它们来说未免显得小了。

于是母亲将它们移入另一个盒子里，一个装过饼干的更漂亮的盒子。

“奶奶，它们就是长大了吧？”

“嗯，就是长大了呢……”

“奶奶，它们再长大一倍，就该吃它们了吧？”

“不行。得长到和你拳头一般儿大。你不是说要等它们生出小蜗牛之后再吃它们么？”

“奶奶，我不想等到那时候，我只吃一次，尝尝什么味儿就行了……”

母亲默不作答。

我认为有必要和儿子进行一次更郑重更严肃些的谈话。

一天，趁母亲不在家，我将儿子扯至跟前，言衷词切，对他讲奶奶抚养爸爸、叔叔和姑姑成人，一生含辛茹苦，忍辱负重，是多么的不容易。自爷爷去世后，奶奶的一半，其实也已随着爷爷而去了。爸爸的活法又是写作，有心挤出更多的时间陪奶奶，也往往心悬而做不到。爸爸的时间，常被某些不相干的人不相干的事侵占了去，这是爸爸对奶奶十分内疚而无奈的。奶奶内心的孤独和寂寞，是爸爸虽理解也难以帮助排遣的。为此爸爸曾买过花，买过鱼。可养花养鱼，需要些专门的常识。奶奶养不好，花死了，鱼也死了。那些小小的蜗牛，奶奶倒是养得不错，而你还天天盼着吃了它们，你对么？……

儿子低下头说：“爸爸，我明白了……”

我问：“你明白什么了？”儿子说：“如果我吃了蜗牛，便是吃了奶奶的那一点儿欢悦……”

我说：“既然你明白了，以后再也不许对奶奶说吃不吃蜗牛的话了！”

儿子一副信誓旦旦的模样，诺诺连声。果然再不盼着吃辣味儿蜗牛、喝蜗牛汤了。甚至，再不关注那更漂亮的蜗牛们的新居了……

一天，我下班回到了家里，母亲已做好晚饭，一一摆上桌子。母亲最后端的是一盆儿汤，对儿子说：“你不是要喝蜗牛汤么？我给你做了，快喝吧！”

我愕然。

儿子也愕然。

我狠狠瞪儿子。

儿子辩白："不是我让奶奶做的！……"

母亲也说："是我自己想做给我孙子喝的……"

母亲说着，朝我使眼色……

我困惑。首先拿起小勺，舀了一勺，慢呷一口，鲜极了！但我品出，那绝不是什么蜗牛汤，而是蛤蜊汤。

我对儿子说："奶奶是为你做的，你就喝喝吧！"

儿子迟疑地拿起小勺，喝了起来。

我问："好喝么？"

儿子说："好喝。"

又问："奶奶对你好不好？"

儿子说："好……奶奶，等我长大了，能挣钱了，挣的钱都给你花！……"八岁的儿子动了小孩儿的感情，眼泪吧嗒吧嗒落入汤里。母亲欣慰地笑了……

其实母亲将那些长大了的，她认为完全能够独立生活了的蜗牛放了。放于楼下花园里的一棵老树下。那儿土质松软，潮湿，很适于它们生存。而且，老树还有一深深的树洞，大概是可供它们避寒的……

母亲依然每日将蜗牛们爱吃的菜蔬之最鲜嫩的部分，细细剁碎，撒于那棵树下……

一天，母亲喜笑颜开地对我说："我又看到它们了！"我问："谁们呀？"

母亲说："那些蜗牛呗。都好像认识我似的，往我手上爬……"

我望着母亲，见母亲满面异彩。

那一刻，我觉得老人们心灵深处情感交流的渴望，真真地令我肃然，令我震颤，令我沉思……

而长大成人的儿子们和女儿们，做了父母的儿子们和女儿们，四十多岁五十多岁的儿子们和女儿们，我们还能够细致地经常洞察到这一点么？

冬天来了。

树叶落光了。

大地冻硬了。

母亲孑然一身地走了。我给母亲的信中写道："妈，来年春天，我会像您一样，天天剁了细碎的蔬菜，去撒在那一棵老树下……"

那些甘于寂寞的，惯于离群索居的，羞涩的，斯文的，与世无争与同类无争的蜗牛们啊，谁知它们是否会挨过寒冷的冬天呢？谁知它们明年春天是否会出现在那一棵老树之下呢？

它们真的会认识饲养过它们的我的老母亲么？居然也会认识那样一位老母亲的儿子么？……

愿上帝保佑它们！

母亲播种过什么？

预感竟是真的有过的。似乎父亲和母亲逝前，总是会传达给我一些心灵的讯息。

十月中旬，我和毕淑敏见过一面。她告诉我她在师大进修心理学，我便向她请教——我说今年以来，无论白天还是夜晚，无论睡着还是醒着，我眼前常有这样一幅画面移动着——在冬季，在北方小村外的雪路上，一只羊拉着一架爬犁，谨慎又从容地向村里走着。爬犁上是一桶井水，不时微少地荡出，在桶外和爬犁上结了一层晶莹的冰。爬犁后同样步态谨慎而又从容地跟随着一位少女，扎红头巾，脸蛋儿亦冻得通红，袖着双手。而漫天飘着清冽的小雪花儿……

并且，我向毕淑敏强调，此电影似的画面，绝非我从任何一本书中读到过的情节，也绝非我头脑中产生的构思片断。事实上一年多以来，尽管此画面一次比一次清晰地向我浮现，但我却从未打算将这画面用文字写出来……

毕淑敏沉吟片刻，答出一句话令我暗讶不已。

她说："你不妨问问你母亲。"

我母亲属羊。母亲的母亲也属羊。而这都是毕淑敏所不知道的。

而母亲于昏迷中入院的第二天，哈尔滨降下了入冬的第一场雪……

我的思想是相当唯物的。但受情感的左右，难免也会变得有点儿唯心起来——莫非母亲的母亲，注定了要在这一年的冬季，将她的女儿领走？我没见过外祖母。但知外祖母去世时，母亲尚是少女……

那么那一桶清澈的井水意味些什么呢？

在医院里，在母亲的病床前，以及在母亲出殡的过程中，我见到了母亲的一些干儿女。

我早知母亲有些干儿女。究竟有多少，并不很清楚。凡三十余年间，有的见过几面，有的竟不曾见过。但我清楚，在漫长的三十余年间，他们对母亲怀着很深很深的感情。

他们当年皆是我弟弟那一辈的小青年。

话说当年，指的是"上山下乡"运动开始以后。许多家庭的长子长女和次子次女，和我以及我的三弟一样，都恋恋不舍地告别了家庭和城市。城市中留下的大抵是各个家庭的小儿女，年龄在十六七岁和十八九岁之间。那个年代，这些平民家庭的小儿女啊，似些孤独的羔羊，面对今天这样明天那样的政治风云，彷徨、迷惘、无奈、亲情失落，不知所依。他们中，有人当年便是丧父或失母的小儿女。

既都是平民家的小儿女，所分配的工作也就注定了不能与愿望相符。或做街头小食杂店的售货员，或做挖管道沟的临时工，或在生产环境破败的什么小厂里学徒……

某一年夏天，是知青的我回哈探家，曾去酱油厂看过我四弟的劳动情形。斯时他们几名小工友，刚刚挥板锨出几吨酱渣，一个个只着短裤，通体大汗淋漓，坐在车间的窗台上，任穿堂凉风阵阵扑吹，唱印度电影《流浪者》中的“拉兹之歌”——

我和任何人都没来往，
命运啊，
我的星辰，
你把我引向何方引向何方
……

他们心中的苦闷种种，是不愿对自己的家庭成员吐诉的。但是这些城市中的小儿女，又是多么需要一个耐心倾听他们吐诉的人啊！那倾听者，不仅应有耐心，还应有充满心间的爱心。还应在他们渴望安慰和体恤之时，善于安慰，善于劝解，并且，由衷地予以体恤……

于是，他们后来都非常信赖也不无庆幸地选择了母亲。

于是，母亲也就以她母性的本能，义不容辞地将他们庇护在自己身边。像一只母鸡展开翅膀，不管自家的小鸡抑或别人家的小鸡，只要投奔过来，便一概地遮拢翅下……

那些城市中的小儿女啊，当年他们并没有什么可回报母亲的。只不过在年节或母亲生病时，拎上一包寻常点心或两瓶廉价罐头聚于贫寒的我家看望母亲。再就是，改叫“大娘”为叫“妈”了。有时混着叫，刚叫过“大娘”，紧接着又叫“妈”。与点心和罐头相比，一声“妈”，倒显得格外的凝重了。

既被叫“妈”，母亲自然便于母性的本能而外，心生出一份油然的责任感。母亲关心他们的许多方面——在单位和领导和工友的关系；在家中是否与亲人温馨相处；怎样珍惜友情，如何处理爱情；须恪守什么样的做人原则，交友应防哪些失误；不借政治运动之机伤害他人报复他人；不可歧视那些被政治打入另册的人，等等……

母亲以她一名普通家庭妇女善良宽厚的本色，经常像叮咛自己的亲儿女一样，叮咛她的干儿女们不学坏人做坏事，要学好人做好事。

此世间亲情，竟延续了三十年之久。我曾很不以为然过，但母亲对我的不以为然也同样不以为然。她不与我争辩，以一种心理非常满足的、默默的矜持，表明她所一贯主张的做人态度。直至她去世前三天，还希望能为她的一个干女儿和一个干儿子促成一次大媒……

而他们，一个帮着四弟将母亲送入医院，一个一小时后便闻讯匆匆赶到医院，三十几个小时不曾回家，不曾离开过医院！母亲逝后，她的干儿女们都纷纷来到了弟弟家。我说——不必在家中设灵位了吧！他们说——要设。我说——不必非轮守四十八小时灵了吧！他们说——要守。这些三十年前的城市平民家庭的小儿女啊，三十年前是小徒工们，如今仍是工人们。只不过，有的“下岗”了；只不过，都做了父母了。他们都是些沉默寡言之人。我离开哈市时，仍分不清他们中几个人的名字。他们不与我多说什么。甚至根本就不主动与我说话。他们完完全全是冲他们与母亲之间那一种三十年之久的亲情，而为母亲守灵，为母亲烧纸，为母亲送丧的。三十年间，我下乡七年，上大学三年，居京二十年，我曾给予母亲的愉快时日，比他们给予的少得多。回到北京，我常默想——从今后，我定当以胞弟胞妹视待他们和她们啊！至于我自己的几名中学挚友与母亲之间的亲情，比三十年更长久，从我初一时就开始着了。那是世间另一种亲情，心感受之，欲说还休欲说还休。

每独坐呆想，似乎有了一种答案——那时时浮现过我眼前的画面中那一桶清澈的井水，是否便意味着是人世间的一种温馨亲情呢？母亲的母亲，给予在母亲心里了。而母亲只不过从内心里荡出了一些，便获得了多么长久又多么足以感到欣慰的回报啊！这么想很唯心，但请不要责怪儿子的痴思。

愿此亲情在我们中国老百姓间代代相传。

没了它，意味着是我们普通人的人生多么大的损失啊！

母亲我爱您。

母亲安息吧……

体恤儿子

现在，儿子是一点儿良好的自我感觉也没有了。稍微的一点儿也没有了。起码我这个父亲是这么看他的。

由小学生到中学生，他已算颇经历了一些事，或直白曰是一些挫折。在学业竞争中呛了几次水，品咂了几次苦涩。

儿子自小就受到邻居的喜爱。“干妈”不少。“干妈”们认他这个“干儿子”，绝非冲着我认的。一个写作者的儿子没有什么稀罕的。在人际关系中对谁都不可能有实际的帮助。犯不着走“干儿子”路线，迂回巴结。当然也绝非冲着他亲妈认的。他亲妈我的“内人”乃工人阶级之一员，更是谁都犯不着讨好的。别人们喜爱他，纯粹是因为他自己有招人喜爱之处。长得招人喜爱，虎头虎脑，一副憨样儿。性情招人喜爱，不顽不闹，循规蹈矩，胆子还有些小，内向又文静。

在小学六年里，他由“一道杠”而“两道杠”，由小组长而班委，连续三年是“三好生”。这方面那方面，奖状获了不少。而优于我的一点是，“群众关系”极佳。同学们都乐于跟他交朋友。小学中的儿子，是班里的一个小“首领”，不是靠了争强好胜，而是靠了随和亲善。

六年级下学期，他顶在乎的一件事，便是能否评上“三好生”了。评上了，据他自己讲，就可以被“保送”了。然而儿子小学的最后一次考试，亦即毕业考试，却并没有考好。在我印象中，似乎数学九十六分，语文八十五分，平均九十点五分。结果可想而知，他在全班的名次排到了第二十几名。儿子终于意识到，“保送”是绝无希望了！

“但是我们老师说，一百二十三中也不错！以后可能升格为区重点中学呢！”

他这么安慰他自己，也希望他的父亲能从这番话中获得安慰。

我当然有些沮丧，但主要是替他感到的。

我说：“儿子，好学生不只出在重点中学里。你能自己往开了想，这一点爸爸赞成。”

在我印象中，一百二十三中是我们那一市区普通得不能再普通的一所中学。然而儿子连这一所中学也没去成。两天后他回到家里，表情从来没有过的那么抑郁。他说：“爸，老师说去一百二十三中的同学，名次必须在二十名以前。”我说：“那，你如果连一百二十三中也去不成的话，能去哪一所中学呢？”

“老师悄悄告诉我，推荐我去北医大附中。”听来倒好像老师们格外惠顾着他似的。而北医大附中，据我想来，已属“最后的退却”了。

我问：“你们老师不是说，考卷要发给家长们看看的么？”——我这么问，是因为我凭着大人的社会经验，开始起了些疑心的。“又不发了。”“为什么？”“不知道。”“你自己怎么想？”“我……怎么想也没用了……”我说：“儿子，听着。如果你希望进一所较好的中学，爸爸是可以试着办一办的，只不过太违反爸爸的性格。但爸爸从来没给你开过一次家长会，觉得很愧疚，也是肯在你感到需要时……”“爸你别说了！我不怪你。我去北医大附中就是了。”看得出，儿子是不愿使我这个“老爸”做什么违心求人之事的。然而儿子连北医大附中也没去成。第二天他接到同学打来的一个电话后，伤心地哭了。他被分到了一所仿佛是全市最差的中学。我说：“别哭，也许是不一定的事儿呢！”发榜那一天，结果却正是那么一回事儿。只不过他拿回了小学的最后一份“三好学生”证书。于是该轮到我安慰他了。我说：“哪怕最差的中学，只要学生自己努力，也是有可能考上最好的高中的。你难道没有信心做一名这样的中学生？”

他流着泪说：“有的……”

于是开学那一天，我亲自送他去报到……

但是他的“干妈”们，和一直关心着他升学去向的我的朋友们，获知消息后，一个个都感到十分意外了，纷纷登门了——有的严厉地批评我对子女之不负责任，有的“见义勇为”地向儿子保证着什么……

在正式开学的第三天，儿子转入了一所重点中学——这是我根本没有能力扭转，也不知究竟该怎么去办的事。全靠别人们的热心……

如今，上了重点中学的儿子，仅仅一年，性情彻底变了，也成了家中最没有“业余时间”的成员——早晨我还在梦乡之中，他就已经离开家骑着自行车去上学了。晚上，妻子都已经下班了，儿子往往还没回到家里。一回到家里，就一头扎入他自己的小房间，将门关起来。吃过晚饭，搁下饭碗就又回到他的小房间……

有次我问他：“在同学中有新朋友了么？”

他摇头。摇过头说：“都只顾学习。谁跟谁都没时间建立友谊。”

倒是他小学的同学们，星期天还常一伙一伙地来找他玩儿。瞧这些小学的学友们在一起那股子亲密劲儿，我真从内心里替孩子们感到忧伤——缺乏友谊，缺少愉悦的时光，整天满脑子是分数、名次和来自家长及学校双方的压力。这样的少年阶段，将来怕是连点儿值得回忆的内容都没了吧？几分之差，往往便意味着名次排列上前后的悬殊。所以为了几分乃至一分半分，他们彼此间的竞争态势，绝不比商人们在商场上的竞争性缓和……

由我的儿子，我也很是体恤中国当代的所有上了中学的孩子们。他们小小年纪，也许是活得最累的一部分中国人了……

当爸的感觉

尽管我的儿子早已不是儿童，而是初二的学生了。尽管我已经纯粹为了自己得以从稿债中解脱，根本不睬他的抗议，拿他做过两次文章了。我常想我若有五个六个儿子就好了，便可轮番地写来。甚至可以在几个儿子之间采取小小的“重点政策”，使儿子们相互嫉妒，认为当老子的写了谁，乃是谁的殊荣。那我不是就变被动为主动了么？无奈我只有这么一个儿子。无奈他对我的容忍度，已然放宽到连自己都十分难为情的地步了……

儿子刚刚背着行李，参加军训去了，临走前见我铺开稿纸，煞有介事地思考，犹犹豫豫地写下题目，凑过来瞟了一眼，嘲讽地说：“爸，你真是天才。从我这么一个平庸的儿子身上，你竟能发现那么多可写的素材!”

我说：“儿子，向你保证，这是最后一次!”

儿子说："别保证。用不着保证。你发誓我都不会相信！说相声的常拿自己的'二大爷'逗哏儿，你跟相声演员们犯的是同一种职业病。我充分理解！"

我说："好儿子，谢谢。"

他说："不用谢。因为我也开始写你了，而且已经公开发表了一篇。"

我一惊，忙问："发在哪儿了？"

儿子说发在班级的墙报上了。

我这才稍稍心定，又严肃地问："都写了我些什么？为什么不先让我过过目？"

儿子说："你写我，也没先征得我的同意啊！咱俩彼此彼此。"

我一时很窘，无话可说……

半夜解题

儿子中考前的一天，刚吃过晚饭就写作业。写到十点半，还有一道几何题没解出来。我几次主动"请缨"，说儿子你要不要我和你一块儿攻下这道难题啊？几次都遭到儿子颇不耐烦的拒绝。最后我不顾他的拒绝，粗暴参与。结果正如他所料，既干扰了他的思路，也浪费了他的时间，以己昏昏，使儿子昏昏。那时快十二点了。妻说你还让不让儿子睡觉了？他明天还得上一天课呀！不像你，可以在家里睡懒觉！于是我强行收起他的作业卷，以不容争辩的命令的口吻，催促他洗漱了躺到床上去。儿子也真是困到了极点，头一挨枕便酣然入眠。而我却不再睡得着。用冷水冲了头，强打精神，继续替儿子钻研那道几何难题。半个小时后，我对陪在一旁织毛衣的妻说——老爸出马，一个顶俩，我解出来了！

博得了妻对我羡佩的一笑。

第二天儿子刚起床，我便从自己枕下摸出作业卷，大言不惭地对儿子说：“这么简单的题你都不开窍？这有何难的？站到床边儿来，听老爸给你讲讲——这两个直角三角形，有两个角相等，还都有一个角是直角。三角相等，故两个三角形全等。而三角形A又等于三角形B，而三角形B又等于……”

儿子脸上便呈现出冷笑。

我生气了，说儿子你冷笑什么？你的态度怎么这样不谦虚？

儿子说：“两个锐角相等的直角三角形就全等啊！直角三角形哪儿有这么一条定理？”——于是画图使我明白，它们也有可能仅仅是相似……

我愣了半天，讷讷地说：“难道……是我想象出了这么一条定理？”

儿子说：“反正书上没有，老师也没教过这么一条全等直角三角形的定理。”

我羞惭难当，无地自容，躺在床上挥挥手，大赦了儿子……

我明白——我再也辅导不了儿子数理化了。从那一天起，直至永远。当年我初三下乡。当年的初三数理化教材，比如今的初二教材只低不高。我太不自量太无自知之明了……

自己承认了这一点，使我内心里涌起一种难言的悲哀。以后，不管他写作业到多么晚，不管他看上去多么需要一个头脑聪明的人的指点和帮助，我是再也不往他跟前凑了……

给儿子写信

按照学校的要求，我得给儿子写一封信。而且此事不让学生知道。更不能让学生看到信。在某次活动中，信将由老师分发给每一名学生，希望以这种方式，在他们普遍十四周岁以后，带给他们每个人一份儿意外的欣喜。

于是我生平第一次给我的儿子写信。

我竟不知在这一封信里该写些什么。我不愿在信中流露出我对他的体恤。因为几乎每一个城市里的初二的儿女都如他一样的似箭在弦，他不应格外地得到体恤。我也不愿用信的方式鞭策他。因为他自己早已深知每次在分数竞争中失利，对自己都意味着一种严峻。我不愿在信中写入对他所寄的希望。我不望子成龙。事实上只祈祝他能有幸受到高等教育，而仅仅这一点已使他过早地成熟了。他的日渐成熟正是我倍感欣慰的，同时又是倍感悲哀的。刚刚十四岁就开始思考人生和忧患自己未来的命运，这太令我这个当父亲的替他感到沮丧了。我自己的少年时代就是从忧患之中度过来的。我真不愿他和当年的我一样。当年的我是因为家境的贫寒，如今的他是因为变成了中国的高考制度的奴仆。我极端憎恶这一种现代八股式的高考制度，但我又十分冷静地明白——此一点最是我丝毫也不能流露在字里行间的……

“爸爸，你怎么想了这么久还不写？”

儿子忽然在我背后发问。显然，他站在我背后多时了。我赶紧用一只手捂住稿纸上端——捂住“给儿子的信”一行字。

良久，我听到坐在沙发上的他说：“爸，对不起，给你添麻烦了……”顿时的，我眼眶有些潮了……

儿子“采访”我

儿子上个星期的一项作业是——采访父母。妻上个星期几乎每天加班。不加班便上夜校。只得由我来接受“采访”。否则儿子就完不成作业。于是我和儿子之间，有了如下一次较为特别的谈话：

“你是哪一年下乡的？”“这还用问？”“不问我怎么清楚？”“六八年。”“哪一年上大学的？”“七四年。”“哪一年毕业的？”“七七年。”“你经历过坎坷么？”“经历过。”“说说。”“这还用说？”“你不说我怎么会知道。”……

我凝视着儿子，觉得他是那样的陌生。或者反过来说，他怎么对我一无所知似的？他要了解他问的那一切，是多么的简单！书架上陈列的，几乎每一部书脊上印着我名字的书，都有我的简历。从我的许多篇小说中，都能看到他的老爸的身世。而他从来没有触摸过我的任何一部书一下。那些书对他仿佛根本就不存在。他从来也不曾扫视过那一格书架一眼。他甚至远不及别人家的，比如朋友或邻人的初二的儿女们对我的大致经历有所了解。

有一次我无意中偷听到他和他的几名男同学背地里如此谈论我的书：

“你爸爸可真写了不少书。”

“你别翻他的书！”

“你自己喜欢看么？”

“我为什么要喜欢看他写的书？”

“借我一本看行么?”

“不行!”

听来他似乎生起气来了。

“你干吗这样牛气呀? 他这些书迟早会过时的!”

“他这些书已经过时了! 以后我也不看他的书。世界上那么多经典还看不过来呢!”没想到,我以近二十年的精力和心血所获得的创作成果,在他眼里似乎皆是些没有什么意义的,仿佛一文不值的东西。

“你对你至今的人生满意么?”——儿子继续“采访”我。我回答:“谈不上满意不满意。我的人生已经这样了。我习惯了。”“假如有一件最使你高兴的事,目前而言那可能是一件什么事?”我几乎是恶狠狠地回答:“你的学习成绩又前进了五名!”儿子目不转睛地看了我一阵,淡淡地说:“我的采访结束了,就到这儿吧!”

我意识到,我深深刺伤了儿子的自尊心。正如儿子也深深刺伤过我的自尊心一样。于是我联想到了王朔的小说《我是你爸爸》。进而又想,有一个多少具有点儿精神叛逆色彩的儿子,也好。这样的一个儿子,时刻提醒我明白,我只不过是一个初二男生的父亲。除此之外,也许再什么都不是,更没有任何可得意的资本。儿子在家里教我夹起尾巴做人。

读者,如果你的儿子已经初二了,如果你是一位父亲,我想你一定会同意我的看法——和你初二的儿子交朋友并非一件容易的事。有时他似乎将你当作朋友了,其实在他内心里,你仍然只不过是他的父亲。

当爸的感觉在现代是越来越变得粗糙而暧昧了啊!

给儿子的留言

儿子：

你今天放学，爸爸已回哈市了。在你期末考试前，不知能否回来。因为四叔昨天夜里突然从哈市打电话告诉奶奶病了，正于医院抢救中……当时你睡了，爸爸没告诉你。

你无法完全理解爸爸对奶奶的亲情。这亲情中包含着太多太多儿子对母亲的内疚。等我从哈市回来再讲给你听——爸爸有一种极不祥的预感，可能爸爸此一去，将永远失去爸爸的妈妈了。写到这儿，眼泪在爸爸眼里转……

但爸爸给你留言，主要是关于你对考试的态度嘱咐你几句——当了爸爸妈妈的中年男人女人几乎都这样，一颗心分几瓣儿。主要的两瓣儿给儿女，给自己的爸妈，所谓“上有老，下有小”。你将来也会人到中年，那时你也会有深切的体会……

我认为——你已经努力学习了。这爸爸看到了，妈妈也看到了。所以，无论你此次考得多么差，爸爸妈妈都不会埋怨你的。因为你已经尽到了自己是学生的义务，已经表现出了自己对自己的责任心。爸爸妈妈因某一次考试的失利而埋怨你这样一个儿子是错误的，对儿子也是极不公平的。

考试——能否正常发挥自己的学习水平很重要。所谓正常，其实就是尽量做到凡自己会的，能答对的，不丢太多的分，甚至不丢分。

当然，要做到这一点也不容易。因为考场是一种氛围特殊的“场”。在规定时间内，面对那么多考卷，难免心里紧张。一紧张，每每会的，也似乎不会了。一道难题卡住，纠缠过久，时间不允许；干脆放弃，丢分又太多。以为对于别的同学根本不算难题，自己觉得难，乃因自己太笨。于考场的氛围中这么一想，先自气馁，于是自信崩溃……

以上种种，皆考场紧张的心理原因。一半源自外界，比如以前没考好，爸爸妈妈曾给脸色看。一半源自内心，怕在同学中太失面子。

爸爸妈妈以前确因你没考好曾给你脸色看过。但那时的你太贪玩，学习缺乏上进心。现在你不是改变了吗？你既改变了，爸爸妈妈对你考试成绩的态度，不是也改变了吗？

好固可喜，差亦欣然——这就是爸爸妈妈的态度。我保证，首先绝对是爸爸对你考试成绩的真实不相欺的态度。

丘吉尔也曾是中学的成绩差生。

巴尔扎克还是中学的厌学生。

中国的教育体制有问题，这是你们这几代学生所面对的现实；你们必须顺应这有问题的教育体制，这是你们这几代学生所面对的另一现实。

两种现实加起来，严重影响你们的人生。但再严重，也仅仅是影响而已。断不会是裁定。目前中国探求知识的途径正多起来。别的途径也是可以成才，并进而推动人生的。

这么一想，一次考试成绩不理想又怎么样？高考落榜又怎么样？——是遗憾，但绝非人生的深渊。

总之我是在指出——爸爸妈妈能正确对待，你自己反而不太能正确对待了似的。否则你为什么临考前总失眠呢？为什么仅仅一科失利，就阴云满面呢？

想想那些参加奥运会的各国运动员们吧！四年一赛，有人苦练四年，只为一搏。也有人一搏失利，由于年龄原因，以后再无搏的时机。那他们不活了吗？

要学他们面对挫折的心理承受力。

除了心理要调整，“战术”上也要调整。

爸爸给你的建议是——不在难题上纠缠太久。看了两遍还没找到解题的良好感觉，干脆绕过。将会的题易的题全解完，回过头来再“攻克”。倘已没时间，拉倒。总之，一味只管做下去，遇难题就绕行。先将有把握的分数拿下再说。

高考前的一切考试，不过是“热身”式的考试。意义在于经验的积累和教训的总结。

考数学前一天，不必再苦苦钻研。干脆放松，连书也不翻。倒是应该静下心来，回想一下——自己以往所遇难题，有几种类型？解题和思路有什么规律性？其题可变异为另外的哪几种类型？如何看出特征，识别其变异？

考语文前一天仍需看看书。还有外语。两门是须强记的学科。多记一点儿，便有多获几分的可能。作文勿跑题。不求事例新，但求事例准，较严格地符合题意。

倘或“出师不利”——第一天没考好，哪怕两门都没考好，也不要沮丧。只不过是高二第一学期，说明不了什么根本问题。临行匆匆，留言仓促，倘不认为是多此一举，则父望记。儿子，请在内心里替奶奶祈祷几次！

爸爸

山高水长

我深深地感动于一颗作家的心，对人道原则终生不变地恪守。我的感动，使我不因雨果在这一点上有时过分不遗余力的理想主义激情而臧否于他。如果我未来的学生们中竟有将自己的人生无怨无悔地奉献给文学者，我祈祝他们做得比我这一代作家好……

——《阅读雨果》

那么，我就常问自己——我这位作家，
站在社会之哪一环的哪一段弧上呢？
——《我所站的弧上》

阅读一颗心

在为到大学去讲课做些必要的案头工作的日子里，又一次思索关于文学的基本概念，如现实主义、理想主义以及现实主义与浪漫主义的相结合等。毫无疑问，对于我将要面对的大学生们，这些基本的概念似乎早已陈旧，甚而被认为早已过时。但，万一有某个学生认真地提问呢?

于是想到了雨果，于是重新阅读雨果，于是一行行真挚、热烈得近乎滚烫的、充满了诗化和圣化意味的句子，又一次使我像少年时一样被深深地感动。坦率地说，生活在仿佛每一口空气中都分布着物欲元素和本能意识的今天，我已经根本不能像少年时的自己一样信任雨果了。但我却还是被深深地感动。依我想来，雨果当年所处的巴黎，其人欲横流的现状比之世界的今天肯定有过之而无不及，人性真善美所必然承受的扭曲力，也肯定比今天强大得多，这是我不信任他笔下那些接近着道德完美的人物之真实性的原因。但他内心里怎么就能够激发起塑造那样一些人物的炽烈热情呢？倘不相信自己笔下的人物在自己所处的时代是有依据存在着的，起码是可能存在着的，作家笔下又怎会流淌出那么纯净的赞美诗般的文字呢？这显然是理想主义高度上升作用于作家大脑之中的现象。我深深地感动于一颗作家的心灵，在他所处的那样一个四处潜伏着阶级对立情绪、虚伪比诚实在人世间获得更容易的自由，狡诈、贪婪、出卖、鹰犬类人也许就在身旁的时代，居然仍对美好人性抱着那么确信无疑的虔诚理念。

是的，我今天又深深地感动于此，又一次明白了我一向为什么喜欢雨果远超过左拉或大仲马们的理由，我个人的一种理由；并且，又一次因为我在同一点上的越来越经常的动摇，而自我审视，而不无羞惭。

那么，让我们来重温一部雨果的书吧，让我们来再次阅读一颗雨果那样的作家的心吧。比如，让我们来翻开他的《悲惨世界》——前不久电视里还介绍过由这部名著改编的电影。

一名苦役犯逃离犯人营以后，可以“变成”任何人，当然也包括“变成”一位市长。但是“变成”一位好市长，必定有特殊的原因。

米里哀先生便是那原因。

米里哀先生又是一个怎样的人呢？

他曾是一位地方议员，一位“着袍的文人贵族”的儿子。青年时期，还曾是一名优雅、洒脱、头脑机灵、绯闻不断的纨绔子弟。今天，我们的社会里，米里哀式的纨绔子弟也多着呢。“大革命”初期这名纨绔子弟逃亡国外，妻子病死异乡。当这名纨绔子弟从国外回到法国，却已经是一位教士了。接着做了一个小镇的神父。斯时他已上了岁数，“过着深居简出的生活”。

他曾在极偶然的情况下见到了拿破仑。

皇帝问：“这个老头儿老看着我，他是什么人？”

米里哀神父说：“你看一个好人，我看一位伟人，彼此都得益吧。”

由于拿破仑的暗助，不久他由神父而成为主教大人。

他的主教府与一所医院相邻，是一座宽敞美丽的石砌公馆。医院的房子既小又矮。于是“第二天，二十六个穷人（也是病人）住进了主教府，主教大人则搬进了原来的医院”。国家发给他的年薪是一万五千法郎。而他和他的妹妹及女仆，每月的生活开支仅一千法郎，其余全部用于慈善事业。那一份由雨果为之详列的开支，他至死没变更过。省里每年都补给主教大人一笔车马费，三千法郎。在深感每月一千法郎的生活开支太少的妹妹和女仆的提醒之下，米里哀主教去将那一笔车马费讨来了。因而遭到了一位小议院议员的诋毁，向宗教事务部部长针对米里哀主教的车马费问题打了一份措辞激烈的秘密报告，大行文字攻击之能事。但米里哀主教将那每月三千法郎的车马费，又一分不少地用于慈善之事了。他这个教区，有三十二个本堂区，四十一个副本堂区，二百八十五个小区。他去巡视，近处步行，远处骑驴。他待人亲切，和教民促膝谈心，很少说教。这后一点，在我看来，尤其可敬。他是那么关心庄稼的收获和孩子们的教育情况。“他笑起来，像一个小学生。”他嫌恶虚荣。“他对上层社会的人和平民百姓一视同仁。”“他从不下车伊始，不顾实际情形胡乱指挥。他总是说：‘我们来看看问题出在哪里。’”他为了便于与教民交心而学会了各种南方语言。

一名杀人犯被判死刑，前夜请求祈祷。而本教区的一位神父不屑于为一名杀人犯的灵魂服务。我们的主教大人得知后，没有只是批评，没有下达什么指示，而是亲自去往监狱，陪了犯人一整夜，安抚他战栗的心。第二天，陪着上囚车，陪着上断头台……

他反对利用“离间计”诱使犯人招供。当他听到了一桩这样的案件，当即发表庄严的质问：“那么，在哪里审判国王的检察官先生呢？”

他尤其坚决地反对市侩哲学。逢人打着唯物主义的幌子贩卖市侩哲学，立刻冷嘲热讽，而不顾对方的身份是一名尊贵的议员……

雨果干脆在书的目录中称米里哀主教为“义人”，正如泰戈尔称甘地为“圣雄甘地”；还干脆将书的一章的标题定为“言行一致”，而另一章的标题定为“主教大人的袍子穿得太久了”，正如我们共产党人的好干部，从前总是有一件穿得太久了补了又补的衣服……

雨果详而又详地细写主教大人的卧室，它简单得几乎除了一张床别无家具。冬天他还会睡到牛栏里去，为的是节省木柴（价格昂贵），也为了享受牛的体温。而他养的两头奶牛产的奶，一半要送给医院的穷病人。而他夜不闭户，为的是使找他寻求帮助的人免了敲门等待的时间……

他远离某些时髦话题，嫌恶空谈，更不介入无谓的争辩。在他那个时代诸如王权和教权谁应该更大的问题一直纠缠着辩论家们，正如在中国在我们这个时代姓“资”还是姓“社”的问题曾一直争辩不休。

而米里哀主教最使我们中国人钦服的，也许是这么一点——虽是一位德高望重的主教，却谦卑地认为“我是地上的一条虫”。米里哀主教大人作为一个人，其德行已经接近完美了。雨果塑造他的创作原则，也与我们中国人塑造“样板戏”人物的原则如出一辙而又先于我们，简直该被我们尊称为老师了。

我将告诉我的学生们，那就是经典的理想主义文本了，那就是经典的理想主义文学人物了。

于是，冉·阿让被米里哀主教收留一夜；陪吃了饱饱的一顿晚餐；半夜醒来却偷走了银器，天一亮即被捉住，押解了来让米里哀主教指认，主教却当其面说是自己送给他的，则就一点儿也不奇怪了。主教非但那么说，而且头脑里也这么认为——银器不是我们的，是穷人的，“他”显然是个穷人，所以他只不过拿走了属于自己的东西而已。

于是，冉·阿让“变成”马德兰先生、马德兰市长以后，德行上那么像另一位米里哀，在雨果笔下也就顺理成章了。其生活俭朴像之；其乐善好施像之；其悲悯心肠像之；其对待沙威警长的人性胸怀像之，总之几乎在一切方面都有另一位米里哀的影子伴随着他。一个米里哀死了，另一个米里哀在《悲惨世界》中继续前者未竟的人道事业。

连沙威也是极端理想主义的——因为绝大多数现实生活中的沙威们，其被异化了的“良心”是很不容易省悟的。即使偶一转变，也只不过是一时一事的。过后在别时别事，仍是沙威们。人性的感召力对于沙威们，从来不可能强大到使他们投河的程度。他们的理念一般是由对人性的反射屏装点着的……

米里哀主教大人死时已八十余岁，且已双目失明。他的妹妹一直与他相依为命。雨果在写到他们那种老兄妹关系时，极尽浪漫的、诗化的、圣化的赞美笔触："有爱就不会失去光明。而且这是何等的爱啊！这是完全用美德铸成的爱！心明就会眼亮。心灵摸索着寻找心灵，并且找到了。这个被找到被证实的灵魂是个女人。有一只手在支持你，这是她的手；有一张嘴在轻吻你的额头，这是她的嘴；你听见身边呼吸的声音，这是她，一切都得自于她，从她的崇拜到她的怜悯，从不离开你，一种柔弱的甜蜜的力量始终在援助你，一根不屈不挠的芦苇在支持你，伸手可以触及天意，双手可以将它拥抱，有血有肉的上帝，这是多么美妙啊！……她走开时像个梦，回来却是那么的真实。你感到温暖扑面而来，那是她来了……女性的最难以形容的声音安慰你，为你填补一个消失的世界……"

有这样一个女人在身旁，雨果写道："主教大人从这一个天堂去了另一个天堂。"

如果忘记一下《悲惨世界》，那么读者肯定会作如是之想：这是《少年维特之烦恼》的炽烈的初恋渴望吧？这是《罗密欧与朱丽叶》中心上人对心上人的痴爱的倾诉吧？

但雨果写的却是八十余岁的主教与他七十余岁的妹妹之间的感情关系。这是迄今为止，世界文学史上仅有的一对老年兄妹之间的感情关系的绝唱，使我们在被雨果的文字感染的同时，难免会觉得怪怪的。因为在现实生活中，一对老年兄妹或一对老年夫妇，无论他们的感情何等的深长，到了七八十岁的时候，也每趋于俗态，甚至会变得只不过像两个在一起玩惯了的儿童……

那么我将告诉我的学生们，那就是浪漫主义的经典文本了。

雨果完成《悲惨世界》时，已然六十岁。他与某伯爵夫人的柏拉图式的婚外恋情，也已持续了二十余年。他旅居国外时，她亦追随而至，住在仅与雨果的住地隔一条街的一幢楼里，为了使他可以很方便地见到她。故我简直不能不怀疑，雨果所写，也许更是他自己和她之间的那一种。雨果死时，和他笔下的米里哀主教同寿，都活到了八十三岁。这一偶然性似乎具有神秘性。

《悲惨世界》的创作使命，倘仅仅为塑造两个德行完美的理想人物而已，那么雨果就不是雨果了。这是一部几乎包罗社会万象的书。随后铺展开的，是全景式的法国时代图卷。尤其将巴黎公社起义这一大事件纳入书中，无可争议地证明了雨果毕竟是雨果。

那么，我将告诉我的学生们，那便是现实主义的经典文本了。

我还将告诉我的学生们，在现实主义与理想主义、现实主义与浪漫主义的相结合方面，与雨果同时代的全世界的作家中，几乎无人比雨果做得更杰出。

而雨果的理想主义，始终是对美好人性和人道原则的文学立场的理想主义。这是绝不同于一切文学的政治理想主义的一种文本，故是文学的特别值得尊敬的一种品质。

在雨果的理念之中，人道原则是高于一切的。

我极其尊敬这一种理念。无论它体现于文学，还是体现于现实。

我深深地感动于一颗作家的心，对人道原则终生不变地恪守。我的感动，使我不因雨果在这一点上有时过分不遗余力的理想主义激情而臧否于他。如果我未来的学生们中竟有将自己的人生无怨无悔地奉献给文学者，我祈祝他们做得比我这一代作家好……

我的使命

据我想来，一个时代如果矛盾纷呈，甚至民不聊生，文学的一部分，必然是会承担起社会责任感的。好比耗子大白天率领子孙在马路上散步，蹲在窗台上的家猫发现了，必然会很有责任感或使命感地蹿到街上去。当然有的猫仍会处事不惊，依旧蜷在窗台上晒太阳，或者跃到宠养者的膝上去喵喵叫着讨乖。谁也没有权力，而且也没有办法，没有什么必要将一切猫都撵到街上去。但是在谈责任感或使命感时，前一种猫的自我感觉必然会好些。在那样的时代，有些小说家，自然而然的，可能由隐士或半隐士，而狷士而斗士。有些诗人，可能由吟花咏月，而爆发出诗人的呐喊。怎样的文学现象，更是由怎样的时代而决定的。忧患重重的时代，不必世人翘首期待和引颈呼唤，自会产生出忧患型的小说家和诗人。以任何手段压制他们的出现都是煞费苦心徒劳无益的。

倘一个时代，矛盾得以大面积地化解，国泰民安，老百姓心满意足，喜滋乐滋，文学的社会责任感，也就会像嫁入了阔家的劳作妇的手一样，开始褪茧了。好比现如今人们养猫只是为了予宠，并不在乎它们逮不逮耗子。偶尔有谁家的娇猫不知从哪个土祠旮旯逮住一只耗子，叼在嘴里喵喵叫着去向主人证明自己的责任感或使命感，主人心里一定是甭提多么腻歪的了。在耗子太多的时代，能逮耗子的才是好猫。人家里需要猫是因为不需要耗子。人评价猫的时候，也往往首先评价它有没有逮耗子的责任感和使命感。在耗子不多了的时代，不逮耗子的猫才是好猫。人家里需要猫已并不是因为家里还有耗子。逮过耗子的猫再凑向饭桌或跃上主人的双膝，主人很可能正是由于它逮住耗子而呵喝它。嗅觉敏感的主人甚至会觉得它嘴里呼出一股死耗子味儿。在这样的时代，人们评价一只猫的时候，往往首先评价它的外观和皮毛。猫只不过是被宠爱和玩赏的活物。与养花养鱼已没了多大区别。狗的价值的嬗变也是这样。今天城里人养狗，不再是为了守门护院。狗市的繁荣，也和盗贼的多起来无关。何况对付耗子，今天有了杀伤力更强的鼠药。防患于失窃，也生产出了更保险的防盗门和防盗锁。

时代变了，猫变了，狗变了，文学也变了，小说家和诗人，不变也得变。原先是斗士，或一心想成为斗士以成为斗士为荣的，只能退而求其次变成狷士，或者干脆由狷士变成隐士。做一个现代的隐士并不那么简单，没有一定的物质基础虽然“隐”而“士”也总归潇洒不起来。所以旁操他业或使自己的手稿与“市场需求接轨”，细思忖也是那么的情有可谅。非但情有可谅，简直就合情合理啊！鲁迅先生即便活到现在，并且继续活将下去的话，在当代青年对徐志摩的诗和梁实秋的散文很热衷了一阵子之后，还要坚持他的《论资本家的乏走狗》的风骨么？他是不是也会面对各方约稿应酬不暇，用电脑打出一篇篇闲适的不能闲适的文章寄出去期待着稿费养家糊口呢？

但是问题在于——我们这个时代，究竟是忧患更多了矛盾更普遍更尖锐了，还是忧患和矛盾已被大面积地化解，接近于国泰民安，老百姓只要好好过日子就莺歌燕舞了？

任何一个人几乎都有一百条理由仍做一个忧患之士，比如信仰失落，道德沦丧，民心不古，情感沙化，官僚腐败，歹徒横行，吸毒卖淫，黑社会形成，贫富两极悬殊，大款穷奢极欲一掷万金，穷山沟里的孩子上不起学，男人娶不起老婆，拐卖妇女儿童案层出不穷……

这些足令某些人身不由己地变成忧患之士。如果他不幸同时还是小说家或诗人（今天诗人已经被时代消化得所剩无几了），那么他的小说里他的诗里，满溢着责任感使命感什么的，他大声疾呼文学要回归责任感使命感呀什么的，当他是个偏执狂，并不多么的公道，也难以证明自己才更是小说家或诗人。在他之前古今中外有过许许多多他这样的小说家和诗人，并不都是疯子，起码并不比尼采疯多少。比如杜甫和白居易的诗，直到今天仍在被世人经常引用，一点儿也不比被自作聪明的后人贴上“纯诗”之标签的李清照和“超现实主义”之标签的李白缺少价值……

任何一个人几乎又都有一百条理由做一个闲适之士。如果他刚好同时还是小说家或诗人，便几乎又都有一百条理由认为，文学的责任感已变得那么的多余，已成一种病入膏肓的呓语。改革已取得了举世瞩目的伟大业绩，市场繁荣生活提高，“海”里很热闹岸上很消停，老百姓人人都一门心思挣钱奔小康，朗朗乾坤光明宇宙，文学远离现实的时代明明已经到来了，还遑论什么责任感使命感喋喋不休地干什么哇？烦人不烦人呀？在他之前古今中外有过许许多多他这样的小说家和诗人。他们的小说和诗正被一批又一批地重新发现重新评价重新出版掀起过一阵阵的什么什么热，似乎证明了没什么社会责任感使命感的远比有责任感有使命感的小说或诗文学之生命力更长久……

倘偏说他们逃避现实也当然值得商榷。因为他们的为文的选择是不无现实根据的。

孰是孰非？

我想因人而异。甚至，更是因人的血质而异的吧？

当然，也由人的所处经济的、政治的、自幼生活环境和家庭影响背景所决定的吧？南方老百姓对现实所持的态度，与北方老百姓相比就大有区别。

南方知识分子谈起改革来，与北方知识分子也难折一衷。

南方的官员与北方的官员同样有很多观点说不到一块儿去。

南方的作家和北方的作家，呈现出了近乎分道扬镳的观念态势，则丝毫也不足怪了。这就好比从前的猫与现在的猫，都想找到猫的那点子最佳的感觉，都以为自己找到的最佳亦最准确，其实作为猫，都仍是猫也不是猫了。于南方而言，并不意味着什么进化。于北方而言并不意味着什么退化。只不过是同一个物种的嬗变罢了。何况，不论在南方和北方，作家还剩一小撮，快被时代干净、彻底地消化掉了。

所以现在是一个最不必讨论文学的时代。讨论也讨论不出个结果。恰符合“存在的即合理的”之哲学。

至于有几个西方人对中国文坛的评评点点，那是极肤浅极卖弄的。对于他们我是很知道一些底细的。他们来中国走了几遭，待了些日子，学会了说些中国话，你总得允许他们寻找到卖弄的机会。权当那是吃猫罐头长大的洋猫对中国的猫们——由逮耗子的猫变成家庭宠物的猫，以及甘心变成家庭宠物、仍想逮耗子的猫们的喵喵叫罢。从种的意义上而谈，它们的嬗变先于我们。过来人总要说过来话，过来猫也如此。本届诺贝尔文学奖，授予一位美国黑人女作家，而她又是以反映黑人生活而无愧受之的，这本身就是对美国当代文学的一种含蓄的讽刺。

而我自己，如今似乎越来越悟明白了——小说本质上应该是很普通、很平凡、很寻常的。连哲学都开始变得普及的时代，小说的所谓高深，若不是作家的作秀，便是吃“评论”这碗饭的人的无聊而鄙俗的吹捧。我倒是看透了这么一种假象——所谓为文学而文学的作家，在今天其实是根本不存在的。以为自己是大众的启蒙者或肩负时代使命的斗士，自然很一厢情愿，很唐·吉诃德。但以为自己高超地脱离了这个时代，肩膀上业已长出了一双仿佛上帝赋予的翅膀，在一片没有尘世污染的澄澈的文学天空上自由自在地飞翔，那也不过是一种可笑的感觉。全没了半点儿文学的责任感的负担，并不能吊在自己吹大的“正宗”文学的气球上飞上天堂，刚巧就落在缪斯女神在奥林匹斯山为他准备好的一把椅子上……

但我有一天在北京电台的播音室里做热线嘉宾时，却没有说这么许多。归根结底，这是一些没意思的话。正如一切关于文学的话题今天都很没意思。所以还浪费笔墨写出来，乃是因为信马由缰地收不住笔了……

师千秋

我查遍书架上的词典，想找出对“老师”一词的说明，然而，没有一部词典的注解，能符合我此刻的心情。我再次将目光投向四川，遥望那些悲剧发生的地方，结果泪水再一次模糊了我的双眼。我什么都看不见，什么都看不见，只见仿佛有无数道圣光连成一片，升华到似乎是天堂的所在！

啊，我啊，我从不是什么宗教信徒，现在却变得如宗教信徒一般虔诚！我一遍遍祈祷我从未信仰过的神，让遇难者的灵魂皆升入天堂。

我眼前总是出现这样的情形——在宗教信徒叫做“天堂之路”的路上，相互搀扶地走着男人、女人和老人，那是我们数万同胞的身影啊！他们背上，或怀里，是比花骨朵还可爱的儿童。还有那些被视为花朵的学生——小学的、中学的、高中的。有的，边走边背着唐诗或者宋词——“墙头雨细垂纤草，水面风回聚落花”“芳菲歇去何须恨，夏木阴阴正可人”……那种轻轻的声音，从“天堂之路”传下来，分明的，我是听到了的。

有个孩子却蹲下来整理自己的书包，忽然抬起头说：“老师，我少了一册课本！”“别急，天堂里会补发课本！快跟上，不要掉队。哪位同学，起头唱一首歌。”于是，我听到了少男少女们用方言所唱的四川民歌。是的，我确实听到了，不是仿佛。歌声是足以使孩子们暂时忘忧的，他们在“天堂之路”上匆匆前行，脸上充满坚卓毅忍的神情，如同是在跟随大人们，进行临时决定的迁徙。我看到在歌声中，几乎所有的老师都驻足了，向下界投注着眷恋的目光——他们还能望得到那一处处可怕的废墟吗？

废墟底下，有一些人的丈夫、妻子、父母或儿女还埋在下面。我看到一位教师抹去了眼角的泪花，对他的学生们大声说：“不要往下看，要朝前看，天堂有震不塌的学校！”转瞬间，不知从哪里飞临了千万只孔雀、天鹅，还有仙鹤！啄落千万朵花朵，将天堂之路铺成一条花路！啊，十二飞天也翩然而至，弹奏琵琶，吹着长箫。啊，那些婀娜的身影，难道不是缪斯和美惠三女神吗？蓦然间天堂之门辉煌地敞开，于是啊，所有行走在“天堂之路”上的我们的同胞，皆长出了天使的翅膀！……

他们与灵鸟们，与飞天和缪斯们共赴天堂！……

朋友，你聆听我这自言自语的朋友啊，也许，你同样是一位老师；也许，你不是；也许，你一生都不会是。但你肯定曾是学生。那么，请回答我，当你是一个孩子的时候，当你第一次走入教室，第一次对一个陌生人叫“老师”的时候，你可曾想到，正是那一个男人或者女人，某一天，某一时刻，竟会舍生忘死地本能般地保护你不受危害？如你的父亲所立即做的那样，如你的母亲所立即做的那样！

朋友啊，也许你难以回答。因为在以前，你也许是不相信的。即使有类似的报道，你也认为是个别的事例。是啊，我以前，和你也持同样的看法。但是现在，我的整个心灵，一次次受到强烈的震撼。在中国，在四川，在灾区，忽有那么多原本平平凡凡的老师体现出普罗米修斯般的品格，如同圣母玛利亚的化身！他们要是神就好了……他们要是神多好啊！可他们不是。他们原本只不过是些普普通通的乡村老师、县城老师……但他们却以几乎一致的姿势，本能地选择了死亡！那姿势就是，伸展开他们的手臂，将尽量多的学生们护在身下！

那只不过是一种母禽保护雏禽的姿势啊！

他们的背，并不是神的背，也不是巨人之背啊！但是血肉之躯对于血肉之躯，居然也能起到神盾般的作用！

我们远离灾区的人们，除了唏嘘和悲叹，除了心怀大的肃然和大的敬意，还能再说什么呢？

化作天使的老师们，带领你们化作小天使的学生们，在“天堂之路”走好啊！想要飞翔的时候，不妨朝下界回眸一望啊，重建家园、重建校园的事，有你们十三亿多同胞呀！……

在将来的教师节，我相信你们或会看到——在灾区，将有一座特别的教师纪念碑矗立着。那是你们长着翅膀的形象，身边是你们长着翅膀的学生……

金庸和克莉斯蒂

将金庸先生和阿嘉莎·克莉斯蒂联起来想一想，是会发现一些颇有意思的文学现象的。而且，其现象超出文学本身的话题，与我们人类的休闲方式关系密切。

不消说，读书是人类传统的休闲方式。于是便有了伟大的休闲小说作家。我觉得，金庸先生乃是当代接近于伟大的一位休闲小说家，而克莉斯蒂则确乎是伟大的了。金庸先生的小说，将中国武侠故事演绎得别开生面，荡气回肠，几乎全部被改编成了电影或连续电视剧。半个世纪以来，受到着最广大的华人的喜欢，引起西方汉学家的高度重视。

一位小说家，以他的小说作品为占世界四分之一的人之休闲阅读服务，服务效应获得普遍的公认，难道还不接近于伟大么？

至于克莉斯蒂，其服务效应就更加令世人瞩目了。这非凡的女性，一生写了近百本书，除了八十本侦探推理小说外，还写过许多短篇小说和十几部剧本。在全球，她的侦探小说被译成百余种文字出版，在西方，她的侦探小说重印达一百九十八次，总印量仅次于《圣经》。

真的，在我看来，这位名副其实的侦探小说女王，其成就实在是前无古人，后无来者啊！一百年内，在世界短跑史上，会有人超过女"飞人"乔伊娜么？一百年内，在世界文学史上，会有人的成就举目公认地超过克莉斯蒂么？这么一想，不禁心生肃然。当柯南·道尔逝世以后，英国举国悲哀。《泰晤士报》文学副刊曾这样评论——"英国再也不可能产生第二个柯南·道尔了"。

似乎偏偏要证明这一评论是错误的，克莉斯蒂的成就和影响实际上远远超过了柯南·道尔。比利时籍的私家侦探"波洛"的知名度，也和福尔摩斯的知名度一样高。

像金庸先生的中国武侠小说也深受许多中国读书人士推崇一样，克莉斯蒂的侦探推理小说同样征服了许多欧洲知识分子，甚至连法国前总统戴高乐、英国前首相威尔逊、英国皇太后玛丽，都曾公开承认欣赏她的小说。

《纽约时报》曾报道过这样一件事：某夜白宫的总统睡房里灯光彻夜长明。第二天早上员工们看出卡特总统双眼微肿，关心地说："国家公务重要，总统先生的身体也很重要。"但卡特总统却诚实地回答："谢谢。我其实几乎一整夜都在读克莉斯蒂的小说。"为什么中国产生金庸，英国产生克莉斯蒂，而不是反过来呢？要知道，中国文学中，探案小说的渊源也很长久啊，要知道，英国的历史中，足以构成一部侠士小说的素材也不少啊！

又为什么，那么多那么多的中国人，几乎从小都爱读武侠小说，而那么多那么多的欧洲人，几乎从小都爱读侦探推理小说呢？——起码从前是这样的。

爱读武侠小说的中国人，于休闲的同时，亦获得另外别的什么心得呢？爱读侦探推理小说的欧洲人（二十世纪六十年代以后的日本人，也开始爱读此类休闲小说），其兴趣又为什么会维持至今呢？显然，武侠小说的“文学气质”是反对旧秩序而且张扬民间正义的。显然，侦探推理小说的“文学气质”是一种法制前提之下形成的“气质”；是协助法制的，是反刑事罪恶，破坏刑事阴谋的；是称颂法制智慧的。

因而，我们从克莉斯蒂的小说，以及由她的小说改编的影视中，除了看到大智慧的波洛，同时几乎必看到代表国家司法的官方办案人员。只不过后者们在波洛面前往往显得经验不足罢了。

在旧时代，人心向往武侠，向往清官。有道是：“武侠小说是成年人的童话。”金庸小说反映的旧时代，武侠代表了人们的向往，难免带有民间意识形态的色彩。

茶馆里，大侠一剑挥去，威而恶者人头落地，听书的人们往往一片齐声叫——“好！”

读克莉斯蒂的侦探推理小说，则肯定不能是集体的休闲，则肯定是静悄悄的时光。克莉斯蒂的小说中，几乎没有也完全不必要有什么民间意识形态的色彩。

克莉斯蒂曾公开表示——她创作侦探推理小说，并非出于什么高贵的目的，只不过是要娱乐读者，给阅读的人带来满足的喜悦。

这肯定也是金庸先生创作他那些武侠小说的出发点吧？

人类对休闲的需要，永远强过于接受某些高贵教育的自觉，而这是符合人性的。

娱乐读者，给阅读的人带来满足的喜悦，这样的小说，这样一种为人类的休闲服务的精神，细细想来，其实本身就是应受到尊敬和感激的啊！

愿克莉斯蒂在中国也渐渐地家喻户晓……

沉思闻一多

多么异常呵，想到一位写了那么多好诗的诗人，首先想到的竟不是他的诗，而是他的死！

他那些如丝一样缠绵，如泉一样明澈，如花一样美丽，如火一样热烈，如瀑布一样激情悬泻，如儿童的哭诉一样打动人心的诗呵——在诗人死后五十六年的这一个夏季，在一个安静的中午，我首先想到的竟不是他的诗，而是他鲜血溅流的死！

斯时亮丽的阳光，洒在他的诗集，和他厚厚的年谱上。

而诗人的死，竟是因为——他不但爱诗，而且，像爱诗一样爱我们的国！

多么压抑呵，想到闻一多，首先想到的竟不是他的才华，不是他的学者气质、教授风范，甚至也不是他那为我们后人所极为熟悉的，嘴角叼着烟斗忧郁地思考着的样子，而是他付出了生命代价的拍案而起！

就因为他的拍案而起，他就成了敌人——成了他所处的时代的特务们的敌人！成了特务们背后的戴笠们的敌人！成了戴笠们背后的蒋介石们的敌人！进而成了整个独裁统治机器的敌人！

而诗人竟也就索性倔然傲然地，以自己是一个敌人的姿态，挺立在他的立场上无所畏惧地挑战了：

“今天，这里有没有特务！你站出来，是好汉的站出来！你出来讲！凭什么要杀死李先生！……”

“前脚跨出大门，后脚就不准备再跨进大门！”

而诗人原本是那么的善良，那么地主张平和，那么地对世界充满了理想主义的憧憬；连是诗人，也曾是一位打算一生“为艺术而艺术”的“新月派”的诗人，即使面对专制得特别黑暗的现实，也不过仅仅将他的一捧捧悲愤揉入他的诗句里……

这样的一位近代诗人惨遭杀害，那么古代的诗人杜甫也就合当被砍头了！

然而杜甫却并非死于非命。

然而闻一多却被子弹像射击敌人一样地杀害了，而且是卑鄙的背后射击。

想来，那样的一种时代，它确乎地已走到了尽头。

想来，那样的一种独裁统治，它确乎地已该灭亡。

想来，一种连抒情诗人也被逼得变成了斗士的时代和政治，肯定是一种坏到了极点的时代和坏到了极点的政治。虽然它本身坏到了那样一种程度，是由于诸多内外矛盾的冲撞导致的结果。虽然在那样一种情况之下，连诗人也变成了斗士，往往意味着是历史的决定。正如普罗米修斯的盗火，是由于听到了人间的呼救之声。

想来，一种好的时代和政治，它似乎应该是没有什么斗士的时代。那时诗人只爱诗不再是逃避现实的选择。那时诗人只爱诗也即意味着爱国。那时诗即诗人的国。而且不被误解。

那时如闻一多一样的诗人，将以另外的一颗心灵感觉着《红烛》；将以另外的一双眼睛注视着他的《发现》。

想来，尽管我们后人将诗人之死祭在肃然起敬的坛上；尽管诗人当得起我们后人永远的缅怀和纪念；尽管我们永远称颂诗人的无所畏惧——但是一想到诗人被特务的子弹所射杀这一种事情，我们还是会不禁地一阵阵心痛啊！正如闻一多是那样地心痛李公朴的死。正如李公朴们是那样地心痛万千底层百姓的挣扎着的生存……

多么自然呵，在首先想到诗人的死之后，我更感动于他的《红烛》了，我也更理解他的《发现》了，更能体会到他面对《死水》的喟叹了，更能以珍惜的心情看待他那些极浪漫极抒情的诗篇了。由那么纯粹的浪漫和抒情到《发现》的如梦初醒到面对《死水》的嫌恶，该是何等痛苦的一个过程啊！如果这过程反过来，无论对诗人还是对一个国家，该是多么值得庆幸的事啊！中国为此，成了世界近代史上付出生命代价最最巨大的一个国家。而尤以诗人闻一多的死，在当时最震骇了它。

因为诗人只不过对暗杀的行径，表达了他作为一个国人终于难以遏制的愤慨。

红烛啊！

这样红的烛！

诗人啊，

吐出你的心来比比。

可是一般颜色？

写出这样诗句的诗人，仿佛早已预示下了，他将为他爱诗般爱着的国，溅淌出比红烛的颜色更红的鲜血……

我来了，我喊一声，迸着血泪，

“这不是我的中华，不对，不对！”

我来了，因为我听见你叫我；

鞭着时间的罡风，擎一把火，

我来了，不知道是一场空喜。

……

那不是你，不是我的心爱！

我追问青天，逼迫八面的风，

我问，拳头擂着大地的赤胸，

总问不出消息；我哭着叫你，

呕出一颗心来，——在我心里！

写出这样诗句的诗人，分明地已在宣告着，他为着他的国，是肯于连地狱也下的。一切诗人之所以是诗人，皆发乎于对诗的爱。却并非所有爱诗的诗人都同时爱国。有的诗人仅仅爱诗而已，通过爱诗这一件事而更充分地爱自己；或兼及而爱自然，而爱女人，而爱美酒……这样的诗人，永远都是任何一个时代所不伤害的，甚至是恩宠有加的。这样的诗人的命况永远是比较安全的。即使沦落，也起码是安全的。有的诗人，却被时代所选择了去用诗唤醒大众和民族。他们之成为斗士，乃是不由自主的责任。因为他们之作为诗人，几乎天生地已有别于别的诗人。当他们感觉他们的诗已缺乏斗士摧枯拉朽的力量，他们就只有以诗人之躯，拼着搭赔上他们的鲜血和生命了。

相对于一个国家，如爱诗爱自然爱女人一般爱国的诗人，都有着诗人的大诗心。

相对于我们的世界，如爱诗爱自然爱女人一般用诗鼓呼和平的诗人，都是更值得世界心怀敬意的。在他们的诗面前，在他们那样的诗人面前。

台湾有一位诗人叫羊令野，他写过一首咏叹红叶的诗：

我是裸着脉络来的，
唱着最后一首秋歌的，
捧着一掌血的落叶啊！
我将归向，我最初萌芽的土地……

闻一多，1946年的中国之一片“捧着一掌血的落叶”！一支迎着罡风奋不顾身地点燃了自己于是骤然熄灭的红烛！

他原本是“裸着脉络”为诗而来到世界上的，却为他的国的民主和伸张政治之正义，而卧着自己的血归于他“最初萌芽的土地”。那土地1946年千疮百孔。

在世界近代史上，他是唯一一位被子弹从背后卑鄙地射杀的诗人。

虽然我们想到他时，首先想到的是他的死，其后才是他的诗——却也正因为这样，他的诗浸着和红烛一样红的血色，渲透了文学的史，染红了叫做“中华人民共和国”的一个新国家之诞生的生命史。……

闻一多这个名字因而本身具有了高于一切诗的诗性……

我所站在的弧上

有些现象是相似的——比如树的年轮、比如靶环、比如影碟和音碟细密的纹。甚至，比如声波……

于是我常想，以上种种，正好比社会群体之构成和排列吧？

在我的主观中，越来越认为社会是环状的。某环之外，一环又一环，环环相吻。反之，某环之内，亦是如此。

环的正中，是实心的。就像圆的中心一样，是一个点。这个点非常重要。没有此点，圆不成其为圆。因而这个点，在中国的政治术语中，又叫“核心”。“核心”只能有一个。若居然有了两个或几个，圆就不圆了。

社会人群，一环一环地，围绕此“核心”而自然分布。以其差不多的生存状态，聚集为同一环链。

社会的阶层越细密，环越多。

那么，我就常问自己——我这位作家，站在社会之哪一环的哪一段弧上呢？

在中国，作家是可以站在离“核心”较近的某一环的某一段弧上的。如果此时作家的眼还向内圈看，那么他或她一定是短视的。因为这是由视野的半径所决定着的。

所以，我一向要求自己向外圈闪退，站在能离外圈较近的某一环的某一段弧上。

这样，对于作家的创作有一个好处——向内圈看，能看明白中国的大举措是怎么酝酿的，怎么成熟的，怎么发生的。便较为可能地对中国形成可靠的大感觉。而转身向外圈看，则能较清楚地看到芸芸众生的生存形态。我们都知道的，芸芸众生一向生存在社会构成的外圈……

我出自他们之中。我自认为相当熟悉他们。我不愿远离了他们。因为除了这一种熟悉，另外的熟悉不太能引起我创作的直接冲动。比如对当代文人的熟悉，对演艺圈的熟悉，对某几类官员以及某几类商人的熟悉……

其实，我已经被我所熟悉的群体排除于外了。但是，对于其他的群体，我又实在不愿跻身其中……

所以，我常觉我的处境是尴尬的。

我站在一段并不容纳我的弧上。尽管如此，以我的眼向社会最边缘的几环上看，仍能较清楚地看到一群群疲惫的人们。他们的疲惫，我认为绝非我的夸张。我相信我的眼的可靠，因而，我不禁地同情疲惫的人们……

疲惫的人们不是不想潇洒，不是不愿潇洒，而是没起码的前提潇洒，便只有疲惫下去。

做竹须空，做人须直

“人生”对我是个很沉重的话题。

五次文代会我因身体不好迟去报到了两天。会上几次打电话到厂里催我，还封了我一个“副团长”。

那天天黑得异常早，极冷，风也大。

出厂门前，我在收发室逗留了一会儿，发现了寄给我的两封信。一封是弟弟写来的，一封是哥哥写来的。我一看落款是“哈尔滨精神病院”，一看那秀丽的笔画搭配得很漂亮的笔体，便知是哥哥写来的。我已近十五六年没见过哥哥的面了，已近十五六年没见过哥哥的笔体了。当时那一种心情真是言语难以表述。这两封信我都没敢拆。我有某种沉重的预感。看那两封信，我当时的心理准备不足。信带到了会上，隔一天我才鼓起勇气看。弟弟的信告诉我，老父亲老母亲都病了。他们想我，也因《无冕皇帝》的风波为我这难尽孝心的儿子深感不安。哥哥的信词句凄楚之极——他在精神病院看了根据我的小说《父亲》改编的电视剧，显然情绪受了极大的刺激。有两句话使我整个儿的心战栗——“我知我有罪孽，给家庭造成了不幸。如果可能，我宁愿割我的肉偿还家人！”“我想家，可我的家在哪啊？谁来救救我？哪怕让我再过上几天正常人的生活就死也行啊！”

我对坐在身旁的影协书记张青同志悄语，请她单独主持下午会议发言，便匆匆离开了会场。一回到房间，我恨不得大哭，恨不得大喊，恨不得用头撞墙！我头脑中一片空白，眼泪默默地流。几次闯入洗澡间，想用冷水冲冲头，进去了却又不知自己想干什么……

我只反复地在心里对自己说两个字：房子、房子、房子。

母亲已经七十二岁，父亲已经七十八岁。他们省吃俭用，含辛茹苦抚养大了我。我却半点孝心也没尽过！他们还能活在世上几天？我一定要把他们接到身边来！我要他们死也死在我身边！我要发送他们，我有这个义务！我的义务都让弟弟妹妹分担了，而弟弟妹妹们的居住条件一点儿也不比我强！如果我不能在老父老母活着的时候尽一点儿孝子之心，我的灵魂将何以安宁？

哥哥是一位好哥哥，大学里的学生会主席。我与哥哥从小手足之情甚笃。我做了错事，哥哥主动代我受过。记得我小时候生过一场大病，想吃蛋糕。深更半夜，哥哥从郊区跑到市内，在一家日夜商店给我买回了半斤蛋糕！那一天还下着细雨，那一年哥也不过才十二三岁……

有些单位要调我，也答应给房子，但需等上一二年，童影的领导会前也找我谈过，也希望我到童影去起一些作用。童影的房子也很紧张，但只要我肯去，他们现调也要腾出房子来，当时我由于恋着创作，未下决心。

面对着两封信，一切的得失考虑都不存在了。

我匆匆草了一页半纸的请调书——用的就是五次文代会的便笺。接着，我去将童影顾问于蓝同志从会上叫出，向她表明我的决心。老同志一向从品格到能力对我充满信任感，执着双手说："你作此决定，我离休也安心了！"随后我将北影新任厂长宋崇叫出，请他——其实是等于逼他在我的调请书上签了字。开始他愣愣地瞧着我，半晌才问："晓声，你怎么了？你对我有什么误解没有？"我将两封信给他看。他看后说："我答应给你房子啊！我在全厂大小会上为你呼吁过啊！"这是真话。这位新上任的厂长对我很信任，很关心，而且是由衷的。岂止是他，全体北影艺委会都为我呼吁过。连从不轻率对任何事表态的德高望重的老导演水华同志，都在会上说过"不能放梁晓声走"的话。北影对我是极有感情的。我对北影也是极有感情的。

记得我当时对宋崇说的是："别的话都别讲了，北影的房子5月份才分，而我恨不得明天后天就将父亲母亲哥哥接来！别让我跪下来求你！"

他这才真正理解了我的心情，沉吟半晌说："你给我时间，让我考虑考虑。"

下午，他还给了我那请调报告，我见上面批的是"既然童影将我支持给了北影，我没有任何理由不将晓声支持给童影。但我的的确确很不愿放他走"。

为了房子，到童影干什么我都心甘情愿，哪怕是公务员。童影当然不是调我去当公务员。于是我现在成了童影的艺术厂长……

我已正式到童影上班两个多月了，给我的房子却还未腾出来。

我身患肝硬化，应全休，但我能刚刚调到童影就全休么？每天上班，想不上班也得上班。中午和晚上回去迟了，上了小学的儿子进不了家门，常常在走廊里哭。

房子没住上就不担当工作吗？那也未免过分功利了。事实上，我现在已是全部身心地投入我的那份工作。我总不能骗房子住啊！

“人生”这个话题对我来说真是沉重的，我谈这个话题如同癌症患者对人谈患癌症的症状……

我从前不知珍惜父母给予我的这血肉之躯，现在我明白这是一个大的错误。明白了之后我还是把自己“抵押”给了童影厂。现在我才了解我自己其实是很怕死的。怕死更是因为觉得遗憾。身为小说家面对这纷杂的迷乱的浮躁的时代，我认为仍有那么多可以写的能够写的值得写的。我最需要谨慎地爱惜自己的时候，亲人和朋友们善良劝告，我也只能当成是别人的一种善良而已。我的血肉之躯是父母给予我的，我以血肉之躯回报父母，我别无选择。这是无奈的事。我认可这无奈，同时牢记着家母的训导。

家母对我做人的训导是——做竹须空，做人须直。

在我的中学毕业鉴定中，写有这样的评语：该学生性格正直，富有正义感。责人宽，克己严……1986年，“文革”第三年，我的鉴定中没有“造反精神”如何如何之类，而有这样的评语，乃是我的中学母校对我的最高评定。这所学校当年未对第二个学生作出过同样的评语。

在我离开兵团连队的鉴定中，也写有这样的评语：该同志性格正直，富有正义感，要求自己严格……

在我从复旦大学毕业的鉴定中，还写有这样的评语：性格正直，有正义感，同“四人帮”做过斗争，希望早日入党……十六位同学集体评定，连和我矛盾极深的同学，亦不得不对这样的评语点头默认……

在我离开北影的鉴定中，仍写有这样的评语：正直，正派，有正义感，对同志真诚，勇于作自我批评。

我不是演员。演员亦不可能从少年到青年到成年，二十多年表演不是自己本质的另一个人到如此成功的地步！我看重“正直、正派、真诚”这样的评语，胜过其他一切好的评语。这三点乃是我做人的至死不渝的准则。我牢牢记住了家母的训导，我对得起母亲！我尤其骄傲的是在我较长期生活和工作过的任何地方，包括一直不能同我和睦相处的人，亦不得不对我的正直亦敬亦畏。我从不阿谀奉承，从不见风使舵。仅以北影为例，我与历届文学部主任拍过桌子，“怒发冲冠”过，横眉竖目过，但他们之中的绝大多数，如今都是我的“忘年交”。我调走得那么突然，他们对我依依不舍，惋惜我走前没入党。早在几年前，老同志们就对我说：“晓声，写入党申请书吧，趁现在我们这些了解你的人还在，你应该入党啊！你这样的年轻人入党，我们举双手！有一天我们离休了，只怕难有人再像我们这么信任你了！”党内的同志们，甚至要在我走前，召开支部会议，“突击”发展我入党。是我阻止了。连刚刚到北影不久的厂长宋崇，对此也深有感慨。

我愿正直、正派、真诚、正义这些评语，伴我终生。人能活到这样，才算不枉活着！

人在今天仍能获得这些，当然也是一种幸福！所以我又有理由说，我活得还挺幸福。

最主要的，我自己认为是最主要的，我已并不惭愧地得到了，其他便是次要的、无足轻重的。

我对自己的做人极满意。

我是不会变的。真变了的是别人。一种类似文痞、流氓的行径，我看到在文坛在社会挺有市场。

我蔑视和厌恶这一现象。

我将永久牢记家母关于做人的训导——做竹须空，做人须直……

好母亲应该有好儿子。反之是人世间大孽。

就是这样。

家母对我做人的训导是——做竹须空，做人须直。

——《做竹须空，做人须直》

思想力量

谁能说和平不是人性的概念？谁能说民主不是人性的概念？谁能说平等和博爱不是时间要求于人类的？人啊，敬畏时间吧，因为，它比一位神化的“上帝”对我们更宽容；也比一位神化的“上帝”对我们更严厉。

——《时间即“上帝”》

水成雾，雾成露，一夜雾浓，晨曦中散去。
树叶上，草尖上，花瓣上，都会留下晶莹的露珠。
那是世上最美的珠子。

——《人性似水》

人性似水

天地之间，百千物象，无常者，水也；易化者，水也；浩渺广大无边际者，水也；小而如珠如玑甚或微不可见者，水也。

人性似水。

一壶水沸，遂蒸发为汽，弥漫满室，削弱干燥；江河湖海，暑热之季，亦水汽若烟，成雾，进而凝状为云，进而作雨。雨或霏霏，雨或滂沱，于是电闪雷鸣，每有霹雳裂石、断树、摧墙、轰亭阁；于高空遇冷，结晶成雹；晨化露，夜聚霜……总之一年四季，十二个月二十四节气，雨、雪、霜、雹、露、冰、云、雾，无不变形变态于水；昌年祸岁，也往往与水有着密切的关系。乌云翻滚，霓虹斜悬，盖水之故也；碧波如镜，水之媚也；狂澜巨涛，水之怒也；瀑乃水之激越；泉乃水之灵秀；溪显水性活泼；大江东去一日千里，水之奔放也。

人性似水。

水在地上，但是没有什么力量也没有什么法术可以将它限制在地上。只要它“想”上天，它就会自由自在地随心所欲地升到天空进行即兴的表演。于是天空不宁。水在地上，但是没有什么力量也没有什么法术可以将它限制在地上。只要它“想”入地，即使针眼儿似的一个缝隙，也足可使它渗入到地下溶洞中去。这一缝隙堵住了，它会寻找到另一缝隙。针眼儿似的一个缝隙太小了么？水将使它渐渐变大。一百年后，起先针眼儿似的一个缝隙已大如斗口大如缸口。一千年后，地下的河或地下的潭形成了。于是地藏玄机。除了水，世上还有什么东西能像水一样在天空、在地上、在地底下以千变万化的形态存在呢？

人性似水。

我们说“造物”这句话时，头脑之中首先想到的是“上帝”，或法力仅次于“上帝”的什么神明。但“上帝”是并不存在的，神明也是并不存在的。起码对如我一样的无神论者们而言是不存在的。水却是实在之物。以我浅见，水即“上帝”。水之法力无边。水绝对地当得起是“造物”之神。动物加植物，从大到小，从参天古树到芊芊小草，从蜗蚁至犀象，总计百余万科目、种类，哪一种哪一类离得开水居然能活呢？哪一种哪一类离开了水居然还能继续它们物种的演化呢？地壳的运动使沧海变成桑田，而水却使桑田又变成了沧海。坚硬的岩石变成了粉末，我们认为那是风蚀的结果。但风是怎样形成的呢？不消说，微风也罢，罡风也罢，可怕的台风、飓风、龙卷风也罢，归根结底，生成于水。风只不过是水之子。“鬼斧神工”之物，或直接是水的杰作，或是水遣风完成的。连沙漠上也有水的幻象——风将水汽从湿润的地域吹送到沙漠上，或以雨的形态渗入到很深很深的沙漠底层，在炎日的照射之下，水汽织为海市蜃楼……

人性似水。

水真是千变万化的。某些时候，某种情况下，又简直可以说是千姿百态的。鸟瞰黄河，蜿蜿逶逶，九曲八弯，那亘古之水看去竟是那么的柔顺，仿佛是一条即将临产的大蛇，因了母性的本能完全收敛其暴躁的另面，打算永远做慈爱的母亲似的。那时候那种情况下，它真是恬静极了，能使我们关于蛇和蟒的恐怖联想也由于它的柔顺和恬静而改变了。同样是长江，在诗人和词人们的笔下又竟是那么的不同。“万里长江飘玉带，一轮明月滚绣球”，意境何其浩壮幽远而又妙曼呵！“乱石穿空，惊涛拍岸，卷起千堆雪”，却又多么的气势险怵，令人为之屏息呵！人性亦然，人性亦然。人性之难以一言而尽，似天下之水的无穷变化。

人性似水。人性确乎如水呵！

水成雾，雾成露，一夜雾浓，晨曦中散去。树叶上，草尖上，花瓣上，都会留下晶莹的露珠。那是世上最美的珠子。没有任何另外一种比它更透明，比它更润洁。你可以抖落在你掌心里一颗，那时你会感觉到它微微的沁凉。你也能用你的掌心掬住两颗、三颗，但你的手掌比别人再大，你也没法掬住更多了。因为两颗露珠只消轻轻一碰，顷刻就会连成一体。它们也许变成了较大的一颗，通常情况下却不再是珠子；它们会失去珠子的形状，只不过变成了一小汪水，结果你再也无法使它们还原成珠子，更无法使它们分成各自原先那么大的两颗珠子。露珠虽然一文不值，却有别于一切司空见惯的东西。你可以从河滩上捡回许许多多自己喜欢的石子，如果手巧，还可以将它们粘成为各种好看的形状。但你无法收集哪怕是小小的一碟露珠占为私有。无论你的手多么巧，你也无法将几颗露珠串成首饰链子，戴在颈上或腕上炫耀于人。这就是露珠的品质，它们看去都是一样的，却根本无法收集在一起，更无法用来装饰什么，甚至企图保存一整天也不是一件容易之事。你只能欣赏它们。你唯一长久保存它们的方式，就是将它们给你留下的印象“摄录”在记忆中。露珠如人性最细致也最纯洁的一面，通常体现在女孩儿和少女们身上。我的一位朋友曾告诉我，有次她给她的女儿讲《卖火柴的小女孩》，她那仅仅四岁的女儿泪流满面。那时的人家里还普遍使用着火柴。从此女孩儿有了收集整盒火柴的习惯，越是火柴盒漂亮的她越珍惜，连妈妈用一根都不允许。她说等她长大了，要去找到那卖火柴的小女孩儿并且将自己收集的火柴全都送给卖火柴的小女孩儿。她仅仅四岁，还听不明白在那一则令人悲伤的故事中，其实卖火柴的小女孩儿已经冻死。是的，这一种露珠般的人性，几乎只属于天真的心灵。

人性似水。

山里的清泉和潺潺小溪，如少男和少女处在初恋时期的人性。那是人自己对自己实行的第一次洗礼。人一生往往也只能自己对自己实行那么一次洗礼。爱在那时仿佛圣水，一尘不染；人性第一次使人本能地理解什么是“忠贞”。哪怕相爱着的两个人一个字也不认识，从没听谁讲解过“忠贞”一词。

静静的湖泊和幽幽的深潭，如成年男女后天形成的人性。我坦率地承认，二者相比我一向亲近湖泊而畏避深潭。除了少数的火山湖，更多的湖是由江河的支流汇聚而成的，或是由山雪融化和雨后的山洪形成的。经过了湍急奔泻的阶段，它们终于水光清漪波平如镜了。倘还有苇丛装点着，还有山廓作背景，往往便是风景。那是颇值得或远或近地欣赏的。通常你只要并不冒失地去试探其深浅，它对你是没有任何危险性的。然而那幽幽的深潭却不同。它们往往隐蔽在大山的阴暗处，在阳光不易照耀到的地方。有时是在一处凸着的山喙的下方，有时是在寒气森森潮湿滴水的山洞里。即使它们其实并没有多么深的深度，但看去它们给人以深不可测的印象。海和湖的颜色一般是发蓝的，所以望着悦目。江河哪怕在汛季浑浊着，却是我常见的，对它们有一种熟悉的感觉。然而潭确乎不同。它的颜色看去往往是黑的。你若掬起一捧，它的水通常也是清的。然而还入潭中，又与一潭水黑成一体了。潭水往往是凉的，还往往是很凉很凉的。除了在电影里出现过片段，在现实生活中偏喜在潭中游泳的人是不多的。事实上与江河湖海比起来，潭尤其对人没什么危害。历史上没有过任何关于潭水成灾的记载，而江河湖海泛滥之灾全世界每年到处发生。我害怕潭可能与异怪类的神话有关。在那类神话中，深潭里总是会冷不丁地跃出狰狞之物，将人一爪捕住或一口叼住拖下潭去。潭每使我联想到人性“城府”的一面。“城府”太深之人不见得便一定是专门害人的小人。但是在这样的人的心里，友情一般是没有什么位置的。正义感公道原则也少有。有时似乎有，但最终证明，还是没有。那给你错误印象的感觉，到头来本质上还是他的“城府”。如潭的人性，其实较少体现在女人身上。“城府”更是男人的人性一面。女人惯用的只不过是心计。但是有“城府”的男人对女人的心计往往一清二楚，他只不过不动声色，有时还会反过来加以利用，以达到自己的目的。

一切水都在器皿中。盛装海洋的，是地球的一部分。水只有在蒸发为汽时，才算突破了局限它的范围，并且仍存在着。

盛装如水的人性的器皿是人的意识。人的意识并非完全没有任何局限。但是它确乎可以非常之巨大，有时能盛装得下如海洋一般广阔的人性。如海洋的人性是伟大的人性，诗性的人性，崇高的人性。因为它超越了总是紧紧纠缠住人的人性本能的层面，使人一下子显得比地球上任何一种美丽的或强壮的动物都高大和高贵起来。如海洋的人性不是由某一个人的丰功伟绩所证明的。许多伟人在人性方面往往残缺。具有如海洋一般人性的人，对男人而言，一切出于与普罗米修斯同样目的而富有同样牺牲精神的人，皆是。不管他们为此是否经受过普罗米修斯那一种苦罚。对女人而言，南丁格尔以及一切与她一样心怀博爱的她的姐妹，也皆是。

如水的人性亦如水性那般没有长性。水往低处流这一点最接近着人性的先天本质。人性体现于最自私的一面时，于人永远是最自然而然的。正如水往低处流时最为“心甘情愿”。一路往低处流着的水不可能不浑浊。往往在什么坑坑洼洼的地方还会从而成为死水，进而成为腐水。社会谴责一味自私自利着的人们时，往往以为那些人之人性一定是卑污可耻并快乐着的。而依我想来，人性长期处于那一种状态未必真的有什么长期的快乐可言。引向高处之水是一项大的工程。高处之水比之低处之水总是更有些用途，否则人何必费时费力地偏要那样？大多数人之人性，未尝不企盼着向高处升华的机会。当然那高处非是尼采的“超人”们才配居住的高处。那种“高处”算什么鬼地方？人性向往升华的倾向是文化的影响。在一个国家或一个民族里，普遍而言，一向的文化质量怎样，一向的人性质量便大抵怎样。一个男人若扶一个女人过马路，倘她不是偶然跌倒于马路中央的漂亮女郎，而是一个蓬头垢面破衣烂衫的老妪，那么他即使没有听到一个谢字，他也会连续几天内心里充满阳光的。他会觉得扶那样一个老妪过马路时的感觉，挺好。与费尽心机勾引一个女郎并终于如愿以偿的感觉大为不同，是另一种快活。如水的人性倒流向高处的过程，是一种心灵自我教育的过程。但是人即为人，就不可能长期地将自己的人性自筑水坝永远蓄在高处。那样一来人性也就没了丝毫的快乐可言。因为人性之无论于己还是于他人，都不是为了变成标本镶在高级的框子里。真实的人性是俗的。是的，人性本质上有极俗的一面。一个理想的社会和与之相适应的文化不该是这样的一把剪刀——以为可以将人性极俗的一面从人心里剪除干净；而是明白它，认可它，理解它，最大程度地兼容它；同时，有不俗的文化在不知不觉之中吸引和影响我们普遍之人的人性向上，而不一味地“流淌”到低洼处从而一味地不可救药地俗下去……

我们俗着，我们可以偶尔不俗；我们本性上是自私自利的，我们可以偶尔不自私自利；我们有时心生出某些邪念，我们也可以偶尔表现高尚一下的冲动；我们甚至某时真的堕落着了，而我们又是可以从堕落中自拔的……我们至死还是没有成为一个所谓高尚的人，有道德的人，脱离了低级趣味的人；但是检点我们的生命，我们确曾有过那样的时候，起码确曾有过那样的愿望……

人性似水，我们实难决定水性的千变万化。

但是水呵，它有多么美好的一些状态呢！

人性也可以的。

而不是不可以——一个社会若能使大多数人相信这一点，那么这个社会就开始是一个人文化的社会了……

近虑远忧

对于某一个人而言，有些时候，仅仅有钱就够了。

对于某一个民族而言，许多时候，仅仅有钱是不够的。

对于某一国家而言，一切时候，钱都不过是这样一些东西——你可以说它很重要，你可以说它太重要，你可以说它非常非常重要，但你永远都不能说，永远都不能真的认为，它是唯一重要的东西。

我们完全没有必要总是去思考人类存在的意义。这是一个危险的思想误区。人类的存在本身就是意义。正如一个具体的人活着便是一种最应该被重视的意义。但我们却知道，人类存在的意义绝不是，从来不是用金钱覆盖地球。这一点并不能足以使人类觉得幸福。那么除此之外我们还需要什么呢？高涨的物价总是会降下来的。低微的工资总是会调上去的。通货膨胀总是会得到遏制的。住房问题、交通问题、社会福利问题等困扰我们的许多问题，总是会逐步地得到改善的。发达国家做得不错，经验不少，甚至可以说卓有成效。彼人也，吾亦人也，他们做得不错的，我们也必会做得不错。只不过我们需要比他们长的时间罢了。

那么在这之后呢？

在这一切目的实现之后我们便会不再忧郁了么？

未必尽然。

放眼隔洋望去，物质发达了的国家的许多人们，包括它们的许多富人，并非都满面祥和与安泰，并不都像吃饱了饮足了睡够了无忧无虑了的猩猩。“世纪末心态”这个词是他们概括出来的，便是一个明证。相对于我们，他们是地球上先富起来了的一部分人类。这一部分人类似乎仍被什么所困扰着，似乎仍陷于某种忧郁之中，似乎心存着种种的惶惑……

那仍困扰着他们使他们忧郁使他们惶惑的是什么呢？为什么我们正羡慕着他们的这一个时代，他们却仿佛觉得是处在“世纪末”？

那便是对我们人类自身的惶惑。我们人类的心灵之中某种宝贵东西的沙化现象泯灭现象正困扰着我们。

那宝贵的东西便是人类对自己同类的爱心，便是人们对自己同胞的爱心。从猿到人，我们是否真的进化了，标准其实也是包括这一点的。如果完全丧失了这一点，我们人类则就连动物都不如了。即使我们每个人都拥有了豪华的住宅高级的轿车终日锦衣美食，我们还是会感到活得羞耻。因为这一种活法，也只不过能证明我们是最娇贵的动物，并不能证明我们是地球上最进化了的动物。

爱心泯灭的人类，只能是这地球上一切动物中最为凶恶可怕的动物。

我以为，目前的中国人，在诸忧之中，其实也是普遍地忧着这一点的。中国人并不低等，并不愚昧。我们既有近虑，其实也有远忧。近虑种种，重重地包围着我们。远忧逼近，眈眈地虎视着我们。我们每个人对自身以及家庭的体面的物质生活前景的近虑，和对我们自身以及我们的后代子孙的善变抑或恶变的远忧，从两个方面压迫着我们，使我们内心里的忧郁已处在空前的状态……

那么就让我们说服自己接受这样的信念吧——为着我们和我们的子孙后代，必须像战士一样，在我们每个人的内心保留住一点儿爱和一点儿善。哪怕一点点儿，让它像种子一样，像最宝贵的遗产一样，遗传给我们的后代，在我们子孙后代的内心里生根，长叶……

我们不可能指望中国暴发了的些个所谓富豪去爱我们的穷困的同胞们。这种指望是迂腐的。暴富者无爱心。这几乎是一条规律。他们做出的样子，那也必定掺杂了太多的其他目的。他们首先要保留住的，是他们的金钱和财富。他们要在爱和善方面进化，并从这两方面对待我们的普遍之同胞，将注定了要比我们需要的时间长久得多。甚至只能指望他们的下一代。上一辈为富不仁，下一代或下下一代，才进化为有良知的富人，这也几乎是一条规律。

当然我们也不必自作多情地尝试着去爱他们。完全没有这个必要。其实爱和善在我们心中原本已剩不多，一点而已。稀少的东西最应给最需要的人们——那便是活得远不如我们的人，以及和我们活得差不多的普遍的人。

我们以爱和善对待他们，穷困对他们的压迫，将会因而减弱程度。

我们爱恤他们的上不起学的孩子，他们的孩子，将来长大了，才不会以冷漠和敌视对待我们的孩子……

同时，我们也会觉得，自己内心里的忧郁，对自己心灵麻木现状的沮丧和悲哀，也会减弱程度……

我们不能成为慈善家。这也根本不是在宣扬慈善，这只是爱，一种符合我们心灵进化阶段的温馨的博爱，和一点点善，证明我们仍属人类的那么一点点……然而有和没有是大不一样的。你想想吧……

话说公孙龙过关

公孙龙者，凡读到过中学的国人，大约都是知道的。

公元前320年至250年间的某年某月某日某时，他骑一匹白马出城；在城门口，被关吏拦住。

关吏说：上边有规定，按惯例，人可过关，马却不能过。

当时的中国，言论自由得很。诸子百家之说，争鸣雄辩，思想礼花烂漫多彩。列国如邻，哪里的言论受限制，爱思想的人便往别国去也。所以，此王彼王，纷作开明模样。即使内心并不情愿，表面上也得那么秀。“以人为本”的思想，当时已差不多便是诸子百家都认可的一种思想了。马之于古人，如车之于今人。城关只许人过，不许马过，分明是很不“人性化”的规定。

那年那月那日那时，公孙龙先生遭遇了这一很不人性化的规定。

他是不知有此规定，故而被动；还是明知有此规定，意欲破之，史料并无记载。

总之，关吏不许他的马过去。

公孙龙却执意要连人带马同时过。

他有他的理由。

他的理由简直荒诞不经。

他竟指着自己的白马说：这不是马。

关吏当然还不放行。

公孙龙据理力争：我们人，谁都只见过大马、小马、公马、母马、枣红马、白马、黑马、黄骠马等等的马匹，有谁见过什么“马”呢？如果你说我骑着的是一匹“马”，那么你就等于说白马是马。如果白马是马了，那么枣红马、黑马、黄骠马也是“马”吗？如果竟也是，你不就等于说“马”既是这种也是那种还是别的许多种牲畜吗？而我公孙龙没见过那么一种牲畜。如果你说的“马”可以同时是大的小的公的母的黑的白的枣红色的黄色的杂色的，那么请牵一匹来让我见识见识吧！如果你牵不来，证明你也根本不知“马”是什么。如果你根本不知“马”是什么，又凭什么一口咬定我的白马正是一匹不许过关的“马”呢……

结果，关吏辩不过公孙龙，只得放他骑着白马大摇大摆地过关了。

由是，留下一段史话。

公孙龙是当年的“名家”，即每在概念上较真的专家。又叫辩士，察者。

关吏自然辩不过他。

我在少年时读到这段史话，对公孙龙的辩术佩服得五体投地。后来，竟渐渐地也喜欢那关吏了。遇到的、听到的当今之吏们的所作所为多了，对两千二三百年前的那古代关吏，竟由喜欢而油然起大敬意了！

多好多可爱的一名吏啊！

想想吧，他居然有耐性听公孙龙说自己那套“白马非马”的道理！

当辩不过公孙龙时，他居然还肯将公孙龙连人带马放过关去了！

这是何等的修养使然啊！

本就是很不人性化的规定，如果不是他，是别的一名吏，公孙龙过得了关吗？

还叨叨叨地非说什么“白马非马”？以胡搅蛮缠、妨碍公务的罪名，唤来兵卒，将其绑了，关了，饿上几顿，拘押几天，公孙龙不是也没奈何吗？

于是联想到杜甫的《石壕吏》《新安吏》《潼关吏》。“艰难奋长戟，万古用一夫”。这是很同情的话。不苛求，吏而有同情心，善吏也。

“莫自使眼枯，收汝泪纵横”“送行勿泣血，仆射如父兄”——这是劝抚之言。虔诚，衷恳，亦善吏也。

唯那石壕吏，面目分明可憎。

“吏呼一何怒，妇啼一何苦。”

对老妪咋咋呼呼，吹胡子瞪眼，如恶犬也。盖，恶犬之恶，三分其性，七分仗人势耳。而霸者畜恶犬，苛政纵恶吏。

看现而今，中国之百姓，似乎已不太惧官了。官们的官气、官威，似乎也都很收敛了。公孙龙若遇到一位官，对方大约也会像那位可爱的吏一样，耐着性子听他把话说完的。

但石壕吏般的吏，确乎地仍存在着。多耶？少耶？没统计过，不好说。“呼一何怒”者，有时还竟非吏，而只不过是吏下之员罢了。

他们小小的权力在握，每扎起大大的架子。什么规定一旦由他们掌控着尺度，那几乎就半点儿人性化的空间也没有了！除非你是他们的亲朋好友。若是，什么原则，什么限制，一概都可以变通的。否则，你的特殊情况再怎么特殊，那也没有申诉的机会。往往是，你那里还没说出第三句话呢，他已经大不耐烦了。

公孙龙要是活在今天，恐怕会一次次被扭送“有关方面”的吧？

和谐社会，吏责大也！

论教育的诗性

一向觉得，“教育”两字，乃具诗性的词。

它使人联想到另外一些具有诗性的词——信仰、理想、爱、人道、文明、知识，等等。

它使人最直接联想到的词是——母校、学生时代、恩师、同窗。还有一个词是“同桌”——温馨得有点儿妙曼，牵扯着情谊融融的回忆。

学校是教育事业的实体。学生将自己毕业的学校称为母校，其终生的感念，由一个“母”字表达得淋漓尽致。学生与教育这一特殊事业之间的诗性关系，无须赘言。

没有学生时代的人生是严重缺失的人生，正如没有爱的人生一样。

“师道尊严”强调的并非是教师的个人尊严问题，而是教育之

“道”，亦即教育的理念问题。全人类的教育理念从前都未免偏狭，“尊严”两字是基本内容。此二字相对于教育之“道”，也包含着古典的庄重的诗性，虽然偏狭。人类现代教育的理念十分开放，学校不再仅仅是推动个人通向功成名就的“管道”，实际上已是关乎一个民族、一个国家乃至全人类文明前景的摇篮……

于是教育的诗性变得广大了。

“教育”二字，令我们视而目肃，读而声庄，书而神端，谈而切切复切切。

因为它与一个人的人生关系太紧密啊。

一个生命就是一次空前绝后的奇迹。父母的精血决定了生命的先天质量。生命演变为人生的始末，教育引导着人生的后天历程。

对于每一个具体的人，左右其人生轨迹的因素尽管多种多样，然而凝聚住其人生元气不散的却几乎只有一件事情，那就是教育的作用和恩泽。

因为教育与社会的关系太紧密啊。

一个绝大多数人渴望享受到起码教育的愿望遭剥夺的社会，分明的是一个被关在文明之门外边的社会。在那样的社会里，极少数人的幸运，除了给极少数人的人生带来成就和光荣，很难也同时照亮绝大多数人精神的暗夜。

教育是文明社会的太阳。

因为教育与时代的关系太紧密啊。

爱迪生为人类提供了电灯，他改变了一个时代。但是发电照明的科学原理一经被写入教育的课本里，在一切有那样的课本被用于教学而电线根本拉不到的地方，千千万万的人心里便首先也有一盏教育的“电灯”亮着了……

全世界被纪念的军事家是很多的，战争却被人类更理智地防止着；全世界被纪念的教育家是不多的，教育事业却被人类更虔诚地重视了。

少年和青年们谈起文学家、文艺家难免是羡慕的，谈起科学家难免是崇拜的，谈起外交家、政治家难免是钦佩的，谈起企业家难免是雄心勃勃的——但是谈起教育家，则往往是油然而生敬意的了（如果他们也了解某几位教育家的生平的话）。因为有一个事实他们必定肯于默认——世界上有些人是在富有了之后致力于教育的，却几乎没有因致力于教育而富有的人。他们正从后者们鞠躬尽瘁所致力的事业中，获得人生的最宝贵的益处……

教育家和教育工作者们是体现教育诗性的优美的诗句。

而教育的诗性体现着人类诸关系之中最为特殊也最为别致的一种关系——师生关系的典雅和亲近。

所以中国古代有“一日为师，终生为父”的箴言，所以中国古代将拜师的礼数列为“大礼”。这当然是封建色彩太浓的现象，我觉得反而损害了师生关系的典雅和亲近。

那么，让我们来分析一下，上学这件事，对于一个学龄儿童，究竟意味着些什么吧！

记得我报名上小学那一天，哥哥反复教我十以内的加减法，因为那将证明我智力的健全与否。母亲则帮我换上了一身干干净净的衣服，并一再替我将头发梳整齐。我从哥哥和母亲的表情得出一种印象：上学对我很重要。我从别的孩子们的脸上得出另一种印象：我们以后将不再是个普通的孩子……

报完名回家的路上，忽听背后有一个清脆的声音高叫我的“大名”——也就是我出生后注册在户口本上的姓名。回头看，见是邻院的女孩儿。她的母亲和我的母亲要好，我和她稔熟之极，也经常互相怄气。此前我的“大名”从没被人高叫过，更没被一个稔熟的女孩儿在路上高叫过。而她叫我的小名早已使我听惯了。

我愕然地瞪着她，几乎有点儿恓惶起来。

她眨着眼问我：“怎么，叫你的学名你还不高兴呀？以后你也不许叫我小名了啊！”

又说：“你再欺负我，我就不告诉你妈了，要告诉老师了！”

一个人出生以后注册在户口本上的名字，只有当他或她上学以后才渐被公开化。对于孩子们而言，小学校是社会向他们开放的第一处“人生操场”，班级是他们人生的第一个“单位”。人与教育的诗性关系，或一开始就得到发扬光大，或一开始就被教育与人的急功近利的不当做法歪曲了。

儿童从入学那一天起，一天天改变了“自我”的许多方面。他或她有了一些新的人物关系：老师、同学、同桌。有了一些新的意识：班级或学校的荣誉，互相关心和帮助、尊敬师长以及被一视同仁平等对待的愿望，等等。有了一些新的对自己的要求：反复用橡皮擦去写在作业本上的第一个字，横看竖看总觉得自己还能写得更好。甚至不惜撕去已写满了字的一页，直至一字字一行行写到自己满意为止……

第一个“五”分，集体朗读课文，课间操，第一次值日……几乎所有的小学生，都怀着本能般的热忱进入了学生的角色。

那一种热忱是具有诗性的，是主动而又美好的，是在学校这一教育事业的实体环境培养之下萌生的。如果他或她某天早晨跨入校门走向班级，一路遇到三位甚至更多位老师，定会一次次郑重其事地驻足、行礼、问好。如果他或她已经是少先队员，那么定会不厌其烦地高举起手臂行标准的队礼。怎么会烦遇到的老师太多了呢，因为那在他或她何尝不是一种愉快呢！

当我们中国人在以颇为怀疑的眼光审视西方某些国家里实行的对小学生的“快乐教育”时，我们内心里暗想的是——那不成了幼儿园的继续了吗？

其实不然。

据我想来，他们或许正是在以符合自己国家国情的方式，努力体现着教育事业之针对于小学生的诗性吸引力。

当我们在反省我们自己的中小学教育方法时，我想说，我们或许正是在丧失着教育事业针对于小学生们的诗性内涵。

当我们全社会都开始检讨我们的中小学生所面临的学业压力已成甸甸重负时，依我看来，真正值得我们悲哀的乃是——中小学教育事业的诗性质量，缘何竟似乎变成了枷锁？

将一代又一代儿童和少年培养成一代又一代出色的人，这样的事业怎么可能不是具有诗性的事业呢？

问题不在于“快乐教育”或其他教育方式孰是孰非，各国有各国的国情。别国的教育方式，哪怕在别国已被奉为经验的方式，照搬到中国来实行，那结果也很可能南辕北辙。问题更应该在于，我们中国人自己的头脑中，是否有必要进行这样的思考：如果我们承认教育之对于学生，尤其对于中小学生确乎是具有诗性的事业，那么我们怎样在中小学校保持并发扬光大其诗性的特征？

儿童和少年到了学龄，只要他们所在的地方有学校，不管那是一所多么不像样子的学校；只要他们周围有些孩子天天去上学，不管是多数还是少数，他们都会产生自己也上学的强烈愿望。

这一愿望对于儿童和少年，其实并不一概地与家长所灌输的什么“学而优则仕”或自己暗立的什么“鸿鹄之志”相关。事实上即使在城市里，绝大多数家长也并不经常向独生子女灌输那些，绝大多数的学龄儿童也断然不会早熟到人生目标那么明确的程度。

它主要体现着人性对美好事物的最初的趋之若渴。

在孩子的眼里，别的孩子背着书包单独或结伴去上学的身影是美好的；学校里传出的琅琅读书声是美好的；即使同样是在放牛，别的孩子骑在牛背上看书的姿态也是美好的……

这一流露着羡慕的愿望本身亦是具有诗性的。因为羡慕别的孩子的书包，和羡慕别的孩子的新衣服是那么不同的两种羡慕。

这一点，在许多文学作品甚至自传作品中有着生动的描写。一旦自己也终于能去上学了，即或没有书包，即或课本是旧的破损的，即或用来写字的只不过是半截铅笔，即或书包是从母亲的某件没法穿了的衣服上剪下的一片布做成的，终于能去上学了的孩子，内心里依然是那么激动……

这也不是非要和别的孩子一样的“从众心理”。

因为，情形很可能是这样的，当这个曾强烈地羡慕别人能去上学的孩子向学校走去的时候，他也许招致另外更多的不能去上学的孩子们巴巴的羡慕目光的追随。斯时，后者们才是“众”……

我曾到过很偏远的一个山区小学。那学校自然令人替老师和孩子们寒心。黑板是抹在墙上的水泥刷了墨，桌椅是歪歪斜斜的带树皮的木板钉成的，孩子们的午饭是每人自家里装去的一捧米合在一起煮的粥，就饭的菜是半盆盐水泡葱叶。我受委托去向那一所小学捐赠一批书和文具。每个孩子分到书和文具的同时还分到一块橡皮。他们竟没见过城市里卖的那种颜色花花绿绿的橡皮，以为是糖块儿，几乎全都往嘴里塞……

我问他们上学好不好？

他们说好。说还有什么事儿比上学好呢？

问上学怎么好呢？

都说识字呀，能成为有文化的人啊。

问有没有志向考大学呢？

皆摇头。有的说读到小学毕业就得帮家里干活了，有的以庆幸的口吻说爸爸妈妈答应了供自己读到初中毕业。至于识字以外的事，那些孩子们根本连想也没想过……

解海龙所摄的、成为“希望工程”宣传明星的那个有着一双大大的黑眼睛的小女孩儿，凝聚在她眸子里的愿望是什么呢？是有朝一日能跨入名牌大学的校门吗？是有朝一日戴上博士帽吗？是出国留学吗？是终成人上人吗？

我很怀疑她能想到那么多那么远。

我觉得她那双大大的黑眼睛所巴望的，也许只不过是一间教室，一块老师在上面写满了粉笔字的黑板，一套属于她的课桌椅——而她能坐在教室里并且不必想父母会因交不起学费而发愁，自己也不必因买不起课本文具而愀然……

总而言之我的意思是，恰恰在那些被叫做穷乡僻壤的地方，在那些期待着“希望工程”资助教育事业的地方，在简陋甚至破败的教室里，我曾深深地感受到儿童和少年无比眷恋着教育的那一种简直可以用“粘连”二字来形容的、“糯”得想分也分不开的关系。

那是儿童和少年与教育的一种诗性关系啊！

我在某些穷困农村的黄土宅墙上，曾见过用石灰水刷写的这样的标语：“再穷也不能穷了教育；再苦也不能苦了孩子！”它是农民和教育的一种诗性关系啊！有点儿豪言壮语的意味儿，然而体现在穷困农村的黄土宅墙上，令人联想多多，看了眼湿。

我的眼并不专善于从贫愁形态中发现什么“美感”，我还未矫揉造作到如此地步。我所看见的，只不过使我在反观我们城市里的孩子与教育，具体说是与学校的关系时，偶尔想点儿问题。

究竟为什么，恰恰是我们可以坐在宽敞明亮的教室里，而且根本不被“学费”二字困扰的孩子，对上学这件事，对学校这一处为使他们成才而安排周到的地方，往往表现出相当逆反的心理呢？

这一种逆反的心理，不是每每由学生与教育的关系，与学校的关系，迁延至学生与老师与家长的关系中了吗？

不错，全社会都看到了中小学生几乎成了学习的奴隶，猜到了他们失乐的心理，看到了他们的书包太大太重，看到了他们伏在桌上的时间太长久了……

于是全社会都恻隐了。

于是采取对他们“减负”的措施。

但又究竟为什么，动机如此良好的愿望，反而在不少家长们内心里被束之高阁，仿佛你有千条妙计，我有一定之规呢？但又究竟为什么，“减负”了的学生，有的却并不肯“自己解放自己”，有的依然小小年纪就满心怀的迷惘与惆怅呢？

如果他们的沉重并不主要来自书包本身的压力，那么又来自什么呢？

一名北京市的初二学生在寄给我的信中写道：

> 我邻家的哥哥姐姐们，大学毕业一年多了，还没找到工作，可都是正牌大学毕业的呀！我十分努力，将来也只不过能考上一般大学。我凭什么指望自己将来找到一份普普通通的工作竟会比他们容易呢？如果难得多，考上了又怎么样？学校扩招并不等于社会工作也同时扩招呀！可考不上大学，我的人生出路又在哪里呢？爸爸妈妈经常背着我嘀咕这些，以为我听不到。其实，我早就从现实中看到了呀！一般大学毕业生们的出路在何方呢？谁能给我指出一个乐观的前景呢？我现在经常失眠，总想这些，越想越理不出个头绪来……

倘这名初二女生的信多多少少有一点儿代表性的话，那么是否有根据认为——我们的相当一批孩子，从小既被沉重的书包压着，其实也被某种沉重的心事压着。那心事本不该属于他们的年纪，但却不幸地过早地滋扰着困惑着他们了……他们也累在心里，只不过不愿明说。

我们的孩子们的状态可能是这样的：一、爱学习，并且从小学三四年级起，就将学习与人生挂起钩来，树立了明确的学习目标的；二、在家长经常的耳提面命之下，懂了学习与人生的密切关系的；三、有“资格”不想、也不必怎样努力，反正自己的人生早已由父母负责铺排顺了的；四、厌学也没“资格”，却仍不好好学习，无论家长和老师怎样替自己着急都没用的；五、虽明白了学习与人生的密切关系，虽也孜孜努力，却仍对考上大学没把握的。

对第一种孩子不存在什么学习负担过重的问题，倒是需要家长关心地劝他们也应适当放松。对第二种孩子，家长就不但应有关心，还应有体恤之心了。不能使孩子感到，他或她小小的年纪已然被推上了人生的“拳击场”，并且断然没有了别种选择……

前两种孩子中的大多数，一般都能考上大学。他们和他们的家长，无论社会在主张什么，总是“按既定方针”办的。

对第三类孩子，社会和学校并不负什么特别的责任。“减负”或“超载”也都与他们无关。甚至，只要他们不构成某种社会负面现象，社会和学校完全可以将他们置于关注之外，谈论之外，操心之外。

第四类孩子每与青少年社会问题有涉。他们的问题并不完全意味着教育的问题，也并非“中国特色”，几乎每个国家都有此类青少年存在。他们应是一个值得关注的问题，却也不必大惊小怪。

第五类孩子最堪怜。

从他们身上折射出的，其实更是教育背后凸现的人口众多、就业危机问题。无论家长还是学校，有义务经常开导他们，使他们比较地能相信——我们的国家还在发展着。这发展过程中，国家捕捉到的一切机遇，其实都在有益的方面决定着他们将来的人生保障……

我们为数不少的孩子，确乎过早地“成熟”了。

本来，就中小学生而言，他们与学校亦即教育事业的关系，应该相对单纯一些才好。“识字，成为有文化的人”——就是单纯。在这样一种儿童和少年与教育事业的相对单纯的关系中，教育体现着事业的诗性；孩子体验着求知的诗性；学校成为有诗性的地方。学校和教室的简陋不能彻底抵消诗性。教师和家长对学生之学业要求，也不至于彻底抵消诗性。

但是，倘学校对于孩子成了这样的地方——当他们才小学三四年级的时候，教师和家长就双方面联合起来使他们接受如此意识：如果你不名列前茅，那么你肯定考不上一所好中学，自然也考不上一所好高中，更考不上名牌大学，于是毕业后绝无择业的资本，于是平庸的人生在等着你；而你若连大学都考不上，那么你几乎完蛋了。等着瞧吧，你连甘愿过普通人生的前提都谈不上了。街头那个摆摊的人或扛着四十公斤的桶上数层楼给邻家送纯净水的人，就是以后的你……

这差不多是符合逻辑的，差不多是现实，同时，也差不多是某些敏感的孩子的悲哀。

这一点比他们的书包更沉。

这一点，一旦被他们过早地承认了，“减负”不能减去他们心中的阴霾。

于是教育事业对于孩子们所具有的诗性，便几乎荡然无存了。

最后我想说——如果某一天，教师和家长都可以这样对中小学生讲——你们中谁考不上大学也没什么。瞧瞧你们周围，没考上大学的人不少啊！没考上大学就过普通的人生吧，普通的人生也是不错的人生啊！

倘这也差不多是一种逻辑，一种现实，那么，我们就有理由根本不谈什么“减负”不“减负”的话题了。

中小学教育的诗性，就会自然而然地复归于学校了。

当然，这样一天的到来，是比“减负”难上百倍的事。

我却极愿为我们中国的中小学生祈祷这样一天的尽早到来！

论大学精神

我曾在《光明日报》发表过两篇文章,《论教育是诗性的事业》在先,《论大学》在后。两篇文章都是我成为北京语言大学教师之后写的。关于大学精神的一点点思索,不管是多么的浅薄,其实已经由两篇文章载毕。那么,今天听汇报的一点点看法,也就只能算是浅薄者的补充发言。浅薄者总是经常有补充发言的,这一种冲动使浅薄者或有摆脱浅薄的可能。

我在决定调入大学之前,恰有几位朋友从大学里调出,他们善意地劝我要三思而行,并言——“晓声,万不可对大学持太过理想的幻感”。

而我的回答是——我早已告别理想主义。《告别理想主义》,是我五十岁以后发表的一篇小文。曾以为,告别了理想主义,我一定会活得潇洒起来,却并没有。于是每想到雨果,想到托尔斯泰。雨果终其一生,一直是一位特别理想的人道主义者。《九三年》证明,晚年的雨果，尤其是一位理想的人道主义者。而托尔斯泰，也一生都是一位特别理想的平等主义者。明年我六十岁了。现在我郑重地说——六十岁的我，要重新拥抱理想主义。我认为，无论对于自己的人生还是对于自己的国家还是对于全人类社会，泯灭了甚而完全丧失了理想，那么一种活法其实是并无什么快意的。我这么认为是有切身体会的。故我接着要说——我愿大学是使人对自己，对国家，对人类的社会形成理想的所在。无此前提，所谓大学精神无以附着。1917 年 1 月 9 日，北大举行开学典礼，蔡元培先生发表著名的《就任北京大学校长之演说》；现若重读其演说，他对大学的理想主义情怀依然感人。

蔡先生在演说中对那时的北大学子寄予厚望，既希望北大学子砥砺德行，又希望北大学子改造社会。

他说："诸君为大学学生，地位甚高，肩此重任，责无旁贷，故诸君不唯思所以感己，更必有以励人……"

现在的情况与1917年很不相同。

那时，蔡先生对大学的定义是"大学者，研究高深之学问者也"。

若以本科生而论，恕我直言，包括北大学子在内，似乎应是——大学者，通过颁发毕业文凭，诚实地证明从业能力的所在而已。

故我对"大学精神"的第二种看法是——要建立在现实主义的基础上来说道。

连大学都不讲一点儿理想，那还能到一个国家的哪儿去觅理想的踪影呢？倘若一国之人对自己的国家连点儿理想都不寄望着了，那不是很可悲吗？

如果连大学都回避现实问题种种，包括大学生就业难的问题在内，那么还到一个国家的哪儿去听关于现实的真声音呢？若大学学子渐渐地都只不过将大学视为逃避现实压力的避风港，那么大学与从前脚夫们风雪之夜投宿的大车店是没什么区别的了。

又要恪守理想，又要强调现实，岂非自相矛盾吗？

我的回答是——当今之大学，尤其是像中国这样一个人口众多，每年有数以百万计的大学学子跨出校园迈向社会的大学，其实是在为国家培养一批批思想意识上不普通，而又绝不以过普通的生活为耻的人。可现在的情况似乎恰恰反了过来，受过高等教育于是以过普通生活为耻的人很多，受过高等教育而思想意识与此前并未发生多大改变的人也很多。

如此说来，似乎是大学出了问题。

否。

我认为，一个家庭供读一名大学生，一个青年用人生最宝贵的四年乃至更长的时间就读于大学，尤其是像北大这样的大学——于是要求人生不普通一些，是完全可以理解的。社会成全他们的诉求，也是“以人为本”的体现。

在中国，普通人的生活之所以竟被视为沮丧的生活，乃是因为普通人的生活实在还是太过吃力的生活。要扭转这一点，对于一个国家而言也是很吃力的，绝非一日之功可毕。要扭转这一点，大学是有责任和使命的。然江河蒸发，而后云始布雨，间接而已。若仰仗大学提高GDP，肯定是错误的理念。大学若不能正面地、正确地解惑大学学子之尴尬，大学本身必亦面临尴尬。

然大学一向是能够解惑人类许多尴尬的地方。大学精神于是在此过程中逐渐形成。人类之登月渴望一向停留在梦想时期，是谓尴尬。

梦想变为现实，是大学培养出来的人们的功劳，也是大学的功劳。大学精神于是树立焉，曰“科学探索精神”。人类一向祈求一种相互制衡的权力关系，历经挫折也是尴尬。后在某些国家以某种体制稳定了下来，也是大学培养出来的人们的功劳，也是大学的功劳，曰“政治思想力”。

十几年前，我随中国电影家代表团访日，主人们请我们去一小餐馆用餐，只五十几平米的营业面积而已，主食面条而已。然四十岁左右的店主夫妇，气质良好，彬彬有礼且不卑不亢。经介绍，丈夫是早稻田大学历史学博士，妻子是东京大学文学硕士。他们跨出大学校门那一年，是日本高学历者就业难的一年。

我问他们开餐馆的感想，答曰：“感激大学母校，使我们与日本许多开小餐馆的人们不同。”问何以不同？笑未答。临辞，夫妇二人赠我等中国人他们所著的书，并言那只是他们出版的几种书中的一种。其书是研究日本民族精神演变的，可谓具有“高深学问”的价值。一所大学出了胡适，自然是大学之荣光。胡适有傅斯年那样的学生，自然是教师的荣光。但，若运拙时艰，从大学跨出的学子竟能像那对日本夫妇一样的话，窃以为亦可欣慰了。当然，我这里主要指的是中文学子。比之于其他学科，中文能力最应是一种难以限制的能力。中文与大学精神的关系也最为密切。大学精神，说到底，文化精神耳。最后，我借雨果的三句话表达我对大学精神的当下理解：

“平等的第一步是公正。”

“改革意识，是一种道德意识。”

“进步，才是人应该有的现象。”

如斯，亦即我所言之思想意识上的不普通者也……

时间即“上帝”

少年时读过高尔基的一篇散文——《时间》。高尔基在文中表现出了对时间的无比敬畏。不，不仅是敬畏，甚至可以说是一种极其恐惧的心理。是的，是那样，因为高尔基确乎在他的散文中用了“恐惧”一词。他写道——夜不能眠，在一片寂静中听钟表之声滴答，顿觉毛骨悚然，陷于恐惧……

少年的我读这一篇散文时是何等地困惑不解啊！怎么，写过激情澎湃的《海燕》的高尔基，竟会写出《时间》那般沮丧的东西呢？步入中年后，我也经常对时间心生无比的敬畏。我对生死问题比较地能想得开，所以对时间并无恐惧。我对时间另有一些思考。有神论者认为一位万能的神化的“上帝”是存在的。无神论者认为每一个人都可以成为自己的“上帝”，起码可以成为主宰自己精神境界的“上帝”。我的理念倾向于无神论。但，某种万能的，你想象其寻常便很寻常，你想象其神秘便很神秘的伟力是否存在呢？如果存在是什么呢？我认为它就是时间。我认为时间即“上帝”。它的伟力不因任何人的意志而转移。“愚公移山”“精卫填海”，其意志可谓永恒，但用一百年挖掉了两座大山又如何？用一千年填平了一片大海又如何？因为时间完全可以再用一百年堆出两座更高的山来；完全可以再用一千年“造”出一片更广阔的海域来。甚至，可以在短短的几天内便依赖地壳的改变完成它的“杰作”。那时，后人早已忘了移山的愚公曾在时间的流程中存在过，也早已忘了精卫曾在时间的流程中存在过。而时间依然年轻。

只有一样事物是不会古老的，那就是时间。

只有一样事物是有计算单位但无限的，那就是时间。

“经受时间的考验”这一句话，细细想来，是人的一厢情愿——因为事实上，宇宙间没有任何事物能真正经受得住时间的考验。一千年以后金字塔和长城也许成为传说，珠峰会怎样很难预见。

归根结底我要阐明的意思是——因为有了人，时间才有了计算的单位；因为有了人，时间才涂上了人性的色彩；因为有了人，时间才变得宝贵；因为有了人，时间才有了它自己的简史；因为有了人，时间才有了一切的意义……

而在时间相对于人的一切意义中，我认为，首要的意义乃是——因为有了时间，人才思考活着的意义；因为在地球上的一切生命形式中，独有人进行这样的思考，人类才有创造的成就。

人类是最理解时间真谛，也是最接近着时间这一位“上帝”的。每个具体的人亦如此。连小孩子都会显出“时间来不及了”的忐忑不安或“时间多着呢”的从容自信。决定着人的心情的诸事，掰开了揉碎了分析，十之八九皆与时间发生密切关系。人类赋予了冷冰冰的时间以人性的色彩；反过来，具有了人性色彩的时间，最终是以人性的标准“考验”着人类的状态——那么：谁能说和平不是人性的概念？谁能说民主不是人性的概念？谁能说平等和博爱不是时间要求于人类的？人啊，敬畏时间吧，因为，它比一位神化的“上帝”对我们更宽容，也比一位神化的“上帝”对我们更严厉。

人敬畏它的好处是——无论自己手握多么至高无上的权杖，都不会幼稚地幻想自己是众生的“上帝”。因为也许，恰在人这么得意着的某个日子，时间离开了他的生命……

法理与情理

中国人的法制观念正在提高着，这是一件极好的事。提高的标志之一，就是“官司”多了。

有次一位法制报的记者问我——“在法理与情理之间，你更看重法理还是情理？”我说：“涉法言法，涉情言情。”他说：“法理情理纠缠不清呢?”我想了想，向他举了三个例子：

一、报载三名小学生，凑了十元钱——甲五元、乙三元、丙二元，合买了五张彩券。当他们分撕五张彩券时，仅出二元钱的那孩子手中的三张彩券，有一张中了奖。

他喜呼：“哈，我中彩啦！”

于是跑回家去。于是家长也跟着兴奋。奖品是一套组合音响、一台冰箱、一台洗衣机。

出了五元钱的孩子和出了三元钱的孩子，心中非常失落，回家与各自父母细说一遍，父母听后，都觉与情理不通，于是相约了去到那个仅出二元钱的孩子家，对其家长提出分配的要求。那家长不情愿。于是闹到法庭上。

一审判——谁中了彩，东西归谁。不支持另外两位家长的分配要求。他们不服，上诉。二审判决——既然当时是凑钱合买，足以认定共同中彩。以法律的名义，支持分配要求。并强制执行分配。

三个孩子的关系，原本是很友好的。三家的关系也曾很亲密。经两次上法庭，孩子们反目了，大人们相恶了。

此一俗例，不可效也。法理固然权威，固然公正，但总该也给情理留存点儿现实空间吧？不就是独自获得一样东西与三人各得一样东西的区别么？不就是三千多元的事么？三千多元，真的比三个孩子之间的友好与三个家庭的亲密关系重要得多么？

我认为此事之不通情理，体现在孩子丙的家长身上。主动一点儿，请了另两个孩子的家长来，相互商量着分配，图个共同的喜兴，是多么好的事呢？从此孩子大人的关系，岂不更加相敬相亲了么？“哈，我中彩啦！”此话差矣。三人合买的彩券，只不过由你撕的一张中彩了。那是“我们中彩啦”啊！“我”与“我们”，一字之差，情理顿丧。

究竟什么原因，在利益面前，使我们的孩子变得心中只有“我”，而全没了“我们”的概念呢？

究竟什么原因，在利益面前，使我们的家长们，也变得和自私的孩子一个样，全没了半点儿情理原则了呢？

以法理的名义裁决违背情理的事情，证明着这样的一种现象——

人心中已快彻底丧失了情理原则。在这种情况下，法理再权威，再公正，人的法制观念再强，人在现实中的生存质量却显然地下降着。

二、报载山东省招远市九曲村党支部书记，出面召集几位村委委员拟定一纸协议，“裁决”他的亲侄子、持枪杀人致死的凶犯赔偿死者家属二十万元，死者家属不得向司法机关起诉。“协议”由那村党支部书记、镇党委委员、市人大常委亲笔拟定，在几位村委委员的软硬兼施之下，强迫死者家属接受……

此事件本身已毫无情理可言，非向法理呼吁，而难有正义的伸张。倘弃法理而收钱款，不足取也。人或可忍，法不能容。法本身和人一样，亦有原则，不可破也。

三、美国有一部电影，片名我忘了，内容是——一名单身青年，与一对夫妇为邻。那对夫妇有一男孩儿，青年爱那孩子如爱自己的孩子。他与他们的关系，当然也就亲如一家。青年为那孩子买了一艘玩具艇，准备在孩子的生日相送。两家之间的隔墙有一狗洞，那孩子常从狗洞钻来钻去。一天孩子又钻过青年家这边来，进到屋里，发现了玩具艇，便捧出放在游泳池玩，一失足落入池中，不幸淹死。而那青年当时正在锄草，浑然不知。孩子死后，那青年和孩子的家长一样痛不欲生……

而孩子的父母去向法院告了那青年。理由是——你既然发现过我的孩子从狗洞钻来钻去，为什么不砌了那洞？如果砌了那洞，我的孩子会死么？法院判定那青年有责任罪。

那青年也感到自己确有责任罪，不上诉。服判七年。并将自己的一份二十几万美元的人身保险，主动赔偿给那失去孩子的父母，以表达自己的痛悔……

青年服刑后，那一对父母却不感觉任何安慰。想想既痛失爱子，又使朋友成了犯人，伤心更甚。后来，他们主动退了那青年的赔偿，并撤诉，使那青年重获自由。他们认为，他们死了的爱子，一定希望他们能够纠正前一种做法——如果有所谓天堂的话……此法理与情理纠缠不清之一例也。影片是根据真事改编的。法的条文再周全，也难以包括一切公正。法乎情乎，有时完全取决人心。所以，一句名言是——“普通的良知乃法律的基础”。在民事案中，法理与情理，纠缠不清之时颇多。

在民事案中，情理是法理的不在卷条文。故有人在法理上胜诉了，在情理上却“败诉”了。依我看来，此亦不可取也。这种情况之下，我的立场，倒宁愿站在情理一边的……

“奥运”精神意味什么?

第二十六届“奥运”圣火在世界几乎彻夜不眠的注视下，庄重地熄灭了。亚特兰大这座充满了商业欲望和雄心的美国城市，肯定已经恢复了它以往的日子。留给世人的，是“奥运”主席萨马兰奇在闭幕式上耐人寻味的一句话——“本届‘奥运’是极为特殊的一届。”

我从不是一个能久坐在电视机前观看什么体育赛事的人。无论多么重大的赛事都难吸引我，我更不会花高价买一张体育赛事的门票。即使许多男人们都迷得不得了的足球赛，我也从不感兴趣。我想我这一辈子，是绝不会被刺激起观看的冲动坐在体育场里了。

但电视转播的“奥运”实况，我还是看的；并且看时总不禁地想——如果这世界上没有了“奥运”，人类精神中最宝贵的那一种质量，还该朝哪些方面去弘扬呢？其实我不仅仅是将“奥运”实况当成一场体育盛会看的，而是当成一场体现人类顽强拼搏之精神的生动大剧来看的。唯有“奥运”，其现代性和古典性，史诗性和现实冲击性才结合得那么壮观，体现得那么无与伦比。

“奥运”乃是人类在商业时代为自己紧紧拥抱住的永具经典性的传统的“保留节目”。

我凝视我所活着的这个当今世界，常常想到，所谓商业时代，本质上也许是相当寂寞的时代。

和平制止战争——于是最广大的人类赢得了和平，持久地小心翼翼地以极高的艺术性维护着和平；于是保家卫国的崇高与悲壮也同时渐渐从我们人类的精神中逸去。今人若不触动某一页历史，便只能从字典上去寻找崇高和悲壮的注脚。无论怎样深入地理解都再难领悟那沉甸甸包含着生命和鲜血的分量……

商业时代迅速地大面积地从世界上消弭着许多属于从前的事物，包括从人类的精神中消弭一些最可宝贵的质量。

但商业时代又是我们人类目前最理智的选择。一个和平的、安定的、经济繁荣的成熟的商业时代，比一个战乱不断的、极端政治结构的、国与国间到处进行着政治冷战的时代何止好一百倍！一个人出生后不久便明白了，他来到这世界上的第一件大事是掌握和积累谋职的学识与技能，第二件大事便是靠此挣钱争取过上一种稳定的体面的生活，这比一个人出生后便看到战争的疮疤便被打上政治的烙印，便被指定为士兵发给一支枪到战场上去出生入死，何止幸运一百倍。尽管前一种命运每使人感觉到生命所拒绝的那一种“轻”，后一种命运充满了崇高和悲壮。

但是人类毕竟是人类。一片自然动物保护区所达到的生态平衡，足以使动物们代代繁衍于安乐之中。而人类仅仅如此还不够。人类总希望时时擎举起一面精神的大旗，上面写着人类千百代后也难忘怀的激情。

当运动员站在自己国家的国旗下，仰望着它冉冉升起，同时屏息敛气倾听自己国家的国歌时，有人说那是为国争光者最自豪的时刻，是某一个国家最荣耀的时刻。而我却感到，恰恰是在那一时刻，国的概念消弭了，与全人类的世界精神沟通了，汇合了。每一名运动员，每一面升起的国旗，每一首奏响的国歌，都不再是一人一国的自豪和荣耀，而是全人类的。那是全人类的精神自豪感接受检阅之际。其魅力和意义都在于此。尽管这意义这魅力只不过是我们人类的某一个兄弟某一个姐妹通过体能所发挥和显示的……

我一向所感动的正是“奥运”精神原本的单纯的魅力和意义。

这世界上许多事情原本的单纯的意义已被附加了太多太重的别种性质的意义。许多事情的开始和结束已变得相似。许多事情彼此之间的意义的区别已变得越来越模糊。

我们人类差不多只剩下了最有可能不被同化的“奥运”精神，当这一“可能”也变为不可能时，人类还能寻找到另一种弘扬共同精神的方式么？所以我看世界各国运动员站立在颁奖台上的时刻，内心里的激动是相同的。所以我看世界各国的国旗缓缓升起，听世界各国的国歌庄严奏响的时刻，内心里的激动也是相同的。

尽管，“奥运”精神仍是最纯粹的体育精神，但我相信，我的儿子像我这种年纪了再看“奥运”实况转播时，他一定会承认，那乃是人类为自己的精神有所寄托而代代保留的最具古典意味的“大剧”。它只是为了通过人类体能的竞技证明人类精神的豪迈，除此再不意味着别的，除此再不意味着任何其他。因为，并没有其他的什么，比“奥运”精神原本的意义更具有世界性的意义……

民主与爱国

读闲书，思史中人事，每生出些不三不四的想法。就说百年以来的风云变幻吧，其间精英俊杰、赫赫诸公，他们的是与非，红与黑，直教我这种头脑愚钝的人，困惑一阵，又困惑一阵。曾国藩无疑是晚清大臣们的楷模，因为他“忠”。站在康南海们的立场来看，他是旧道统的护法者。可站在他的弟子李鸿章们的立场来看，他显然又是一个大大的爱国者。护法者终护其何？他们的逻辑肯定是护国也。护国难道还不是爱国吗？不爱国会那么不计个人得失地护国吗？会有功成身退的自觉吗？旧道统也罢，新道统也罢，还不是一国之道统吗？任由乱党、暴民们破了，岂非国之不国？

曾国藩说李鸿章是一个“拼命做官的人”。李鸿章实在是对得起曾国藩对他的表扬的，他为大清国“拼命做官”几乎做到了“死而后已”。这样的一个人，你能说他不爱国？

吴佩孚也认为自己是爱国的，他认为爱国不爱国，关乎他那样一个人的大节。正是：悠悠万事，唯此为大。所以，他失势后，有点儿什么都不在乎了，但是特在乎他的大节之保失。

连张作霖也认为自己是一个特别坚定的爱国者，而当军阀则是自己爱国的证明。在皇姑屯遭到暗算后，自知性命不久，对夫人的临终交代中有句话是“快叫回小六子，以后要靠他来为国出力了”。

显然，以上人物心中是有国的，并且都认为身负着整顿国家的大责任、大使命。然而，对于另一类爱国并且一心兴国的人物，他们却是要大开杀戒，冷酷无情的，比如秋瑾、谭嗣同、李大钊、孙中山们。即使并未亲自下令或者操刀，但是同类们那么干，他们都是绝无异议的。

张学良自然是十分爱国的，可是他督杀了邵飘萍。后者也不过就是一报人，以笔批评批评时政，提倡提倡民主而已。几乎也很难说蒋介石是不爱国的，但人们都知道他对民主却是叶公好龙的。

孙中山不但爱国，还爱民主。他因极其爱国而极其爱民主，但是他总被那些高喊着爱国却仇视民主的人物们所算计。

一部中国近代史，凡百余年间，血雨腥风，页页惨烈；一言以蔽之，皆因“民主”二字也。

爱国的自由，连慈禧也是肯给的；但是为着也爱民主的自由，竟牺牲了我中华民族多少好儿女啊！

试问今人：爱国否？

不论男女老少，回答都将是肯定的。

若再问：也爱民主吗？

那么，便不知会分出多少派来了！

然窃以为，自诩爱国，但是对民主却叶公好龙的那些人，他们的爱国心其实是很可疑的。在中国，究竟是这等爱国者多一些，还是同时也爱民主的爱国者多一些？没谁统计，不得而知。

又窃以为，民主的形式本不成为什么问题。一句话操百种，无非以有利于人民真正能行使当家做主的权利为好。而这种好，对于有些人却是大不好。

凡百余年间，中国人相互的怨毒，根子就在这“好”与“不好”的区别——于是中国人的爱国，也便是各说各话的一种爱法……

论 崇 高

一个时期以来，“崇高”二字，在中国成了讳莫如深之词，甚至成了羞于言说之句。我们的同胞在许多公开场合眉飞色舞于性，或他人隐私。倘谁口中不合时宜地道出“崇高”二字，那么结果肯定地大遭白眼。

而我是非常敬仰崇高的。我是非常感动于崇高之事的。

我更愿将崇高与人性连在一起思考。我认为崇高是人性内容很重要也很主要的组成部分。我确信崇高也是人性本能之一方面。确信它首先非是任何一类道德说教的成果。既非宗教道德说教的成果，亦非政治道德说教的成果。

我确信人性是由善与恶两部分截然相反的基本内容组成的。若人性恶带有本性色彩，那么人性善也是带有本性色彩的。人性有企图堕落的不良倾向，堕落往往使人性快活；但人性也有渴望升华的高贵倾向，升华使人性放射魅力。长久处在堕落中的人其实并不会长久地感到快活，而只不过是对自己人性升华的可能性完全丧失信心，完全绝望。这样的人十之七八都曾产生过自己弄死自己的念头。产生此种念头而又缺乏此种勇气的堕落者往往是相当危险的。他们的灵魂无处突围便可能去伤害别人，以求一时的恶的宣泄。那些在堕落中一步步滑向人性毁灭的人的心路，无不有此过程。

但人性虽然天生地有渴望升华的高贵倾向，人类的社会却不可能为满足人性这一种自然张力而设计情境。这使人性渴望升华的高贵倾向处于压抑。于是便有了关于崇高的赞颂与表演，如诗，如戏剧，如文学和史和民间传说。人性以此种方式达到间接的升华满足。

崇高是人性善的极致体现，以为他人为群体牺牲自我作前提。我之所以确信崇高是人性本能，乃因在许多灾难面前，恰恰是一些最最普通的人，其人性的升华达到了最最感人的高度。

1961年12月17日，巴西某马戏团正在尼泰罗伊郊区的一顶尼龙帐篷下表演，帐篷突然起火，二千五百名观众四处逃窜，其中大部分是儿童。

一个农民站在椅子上大喊："男人们不要动，让我们的孩子们先逃！"

他喊罢立刻安坐了下去。

火灾被扑灭后，人们发现三十几个人集中坐在椅子上被活活烧死，都是农民。

没谁对他们进行过政治性的崇高说教。他们都非是教徒，无一人生前进过一次教堂。

1989年5月31日，位于美国宾夕法尼亚州的约翰斯敦水库十二英里长的水库堤坝全线崩溃，泻出水量四十万立方英尺，五十六亿加仑的水重达二千万吨，压塌了山谷，顿时将约翰斯敦和周围的十几个城镇摧为废墟。

下游城镇的几乎全体居民发动了空前自觉的营救，许多人为救他人而献身。

1913年，美国俄亥俄、印第安纳、伊利诺伊等州洪水泛滥成灾，十二万五千居民被困在屋顶和树上，许多居民自发地组成了互救队，涌现了许多感人的崇高的、英雄主义的事迹。七十高龄的国家货币注册公司经理帕特逊，只着短裤，独自驾舟往返于各街道之间，先后从水中救起几十人……十二名电报业务员坚守岗位六十余小时，她们不知亲人安危与否，半数人因过度疲劳而昏倒。俄亥俄州特立华大学的学生们也涌现出了一桩桩可歌可泣的营救事迹。两名学生和一位老教授划船救了几十人后，船被大浪掀翻，师生三人一起遇难……

伊利诺伊州州长灾后的一次讲演中有这样一句话："在此次灾难中，上帝引导我们中许多人舍生忘死，先人后己。这些人便是上帝。他们人性中的崇高美点永垂不朽！"

世界各地从古至今的每一次灾难中都曾有崇高之烛闪耀过。我们人类的人性中的崇高美德接受过何止百次严峻的检阅？

1998年，中国南北两地的抗洪救灾，也何尝不是经受这样的大检阅呢？之所以感人，恰因那种种的崇高，乃是被标定在人性最高的位置上昭示于我们啊！

其他任何位置，依我看来，都非那种种崇高真本的位置。中国人，珍视啊！千万不要扭曲了它啊！

一想到这里，我不禁地忧郁起来……

论贫穷

贫穷是人类最大的丑恶现象。如果我们已知人类有百种丑恶，那么三分之二盖源于贫穷，三分之一盖源于贪婪……穷人是贫穷的最直接的受害者和牺牲品。贫穷恰恰是剩余价值的产物，正如富有是剩余价值的产物一样。

当剩余价值造就了第一个富人的时候，同时也便造就了第一个穷人。穷人永远是使富人不安的影子，进而使社会和时代不安……

高尔基说过——人类生活的一切不幸的根源，就是贫困。这是很明白的，贫困使一切穷人对生活产生共同的恐怖和疑惧……

卢梭说过——贫困使一切做好事的手段显得脆弱。它又产生了如此强大的社会和时代难以消化的繁衍罪恶的能力。它使人类本性和道德这一公正存在的原则几乎完全丧失效应……

他们都曾体验过贫困的屈辱和压迫。他们的话代表知识分子对社会和时代的警告。约翰逊说过——贫困是人类幸福最大的敌人；它确实破坏了自由，使平等无法实现，使国家处于矛盾尖锐的境地……他的话代表政治家对社会和时代的警告。“开城门，迎闯王，闯王来了不纳粮”——这是穷人对社会和时代发出的警告。关于贫困也有另外一些名人说过另外一些著名的话：比如伊壁鸠鲁说过——甘于贫困就是一笔体面的不动产！比如卢克莱修说过——甘于守贫是一个人的最大教养……

当我们研究他们的经济基础，却发现他们自己从不曾被贫困所窘过。对于时代和社会而言，他们的话仅仅是一些供富人品味的隽语而已。并且，他们的话常被教会所引用，借以对穷人进行说教……

在贫困超过了穷人的心理承受能力的情况下，通常便爆发了革命。革命的最初的使命——或者更准确地说，被穷人所理解的使命，乃是消灭富人。革命的原始口号正如我们所知道的那样，是——革地主的命！革资本家的命！革一切富人的命！然而历史向穷人开了一个很大的玩笑——它最终告知穷人——消灭富人并不等于消灭了贫困，也不一定就能使穷人得到拯救。正如卢梭所言——“消灭富人要比消灭贫困现象容易得多，而穷人却只能从后一种行动中获得普遍的利益”。中国之改革的最终目标我想可以归结为这样一句话——消灭贫穷。使一部分人先富起来是不难的。使先富起来了的一部分人继续参与使别人也富起来的改革是较难的。使许许多多仍处在贫穷生存状况的人，在眼见别人先富起来的情况之下，仍以高度的理性忍耐改革的步骤，这是更难的。而舍此，则不能完成中国之改革大业。再贫穷的国家也有那个国家的富人和大富豪。据统计，全世界的几近四分之一的巨大财富，控制在七千多万散于世界各地的华人手中。而中国目前却仍是世界上的贫穷国家之一。

改革像一切事物一样也是自有其负面的。一个值得政治家们关注的事实是——最有能力和最善于避开改革负面压力的人，往往是最先富起来的一部分人。而最没有能力和最不善于避开改革负面压力的人，则往往是最直接承受贫穷摆布的人。对中国而言，他们是比先富起来的人多得多的人。在国家不能替他们分担压力的那些地方和那些方面，将从他们中产生出对改革的怀疑、动摇，乃至积怨和愤愤不平。而他们恰恰又是曾对改革寄予最大希望的人。

贫穷是可以消灭的。穷人却是永远都存在的。

西方的金融大亨到阿拉伯石油王国去做客，离开对方金碧辉煌的宫殿，自嘲地说感到自己变成了一个“乞丐”。

“心理贫穷症”将是商品时代的一种“绝症”。全世界的首脑对此“绝症”都是束手无策的。时代、社会和国家，都无须乎对“心理贫穷症”者的嘟哝做出任何认真的反应……

现在是叫响另一个口号的时候了，那就是——消灭贫穷！

改革的最庄重的课题只能是——消灭贫穷！

猴 子

公园的笼子里，有一群猴子。它们究竟被关在笼子里多久了，已经无人知晓。

我们说那是笼子，其实是不准确的。因为它更像网状的大房子，猴子们在里边享有着较充分的活动空间。在那空间里，它们是自由的。但，再大的笼子也毕竟是笼子，而不是丛林。

公园的笼子里，还有一棵大树。那树的躯干在笼中，那树的树冠却在笼外。确切地说，是在罩住笼子的铁网的上边。树在笼中的躯干部分，已有多处地方掉皮了，被小猴子淘气扒下去的。树的几茎老根，拱起而扭曲地暴露于地面，宛如丑陋的灰色的蛇。树干中间，还有一个朽洞，而且越朽越大。但那棵树却是一棵野果树，春季仍开花，秋季仍结些果子。树冠在雨天足以遮雨，在酷暑足以投阴。它所结的果子是一年比一年少了，今年秋季结的果子尤其少。于是从网眼掉入笼中的果子，再也不是共享的美食了。猴群是有地位之分和等级之分的。特权和公认的资格成为占有果子多少的前提。一些掉落在网罩上的果子，只有爬到树干的最上方，将猴臂从网眼伸出网外，才能用猴爪子抓到。却只有某些猴子可以爬到树干的最上方。首先当然是猴王。其次是猴王所亲昵待之的猴。再其次是强壮善斗的猴。

于是那一棵树既不只向笼中投下阴影，也在猴群中造成了不平等现象。

于是嫉妒产生了……

于是愤懑产生了……

于是争抢产生了……

于是撕咬产生了……

于是笼中每每充满了敌视的、战斗的气氛……

年轻的管理员因为猴群的骚动不安而不安。他忧心忡忡地去请教老管理员自己究竟该怎么办。

老管理员说：“别睬它们，由它们去。”

年轻的管理员困惑地问，“那怎么行？它们会彼此伤害的！”

“它们在丛林中也并非永远和睦相处。有的猴在被逮着以前，就带着互相伤害留下的残疾了。”

“可是……如果被咬死一只呢？”

“死就死吧。死一只，还会出生两只。笼子不是丛林，生而不死，笼中将猴满为患的。”

年轻的管理员虽然觉得老管理员的话不无道理，但对老管理员淡然处之的态度还是有些不解。

老管理员看出了此点，以思想高深的口吻说，“对于我们动物园管理员而言，我们最成功的管理就是，使无论猴子还是别的什么动物，彻底地遗忘它们的种群曾生存过的丛林、草原、深山和莽野。使它们的低级头脑之中逐渐形成这样的一种似乎本能的意识——它们天生便是笼中之物。笼子即它们的天地，它们的天地即笼子。通常情况下我们几乎对此无计可施，只有依赖时间，进一步说是依赖它们一代代的退化。退化了的动物不再向往笼子外面的世界，正如精神退化了的人类不再追求民主和自由……”

他正说着，笼子那边传来猴群发出的尖厉而使人惊悚的嚣叫。年轻的管理员看了他一眼，转身向笼子跑去……

猴群在笼中正“战斗”得十分惨烈——具体地说，并非所有的猴子都投入了“战斗”。大多数猴子只不过又蹦又跳，蹿上蹿下，龇牙咧嘴，在自己一方“前线猛士”的后边助威。而双方的几只“猛士”却真的撕咬作一团。那一时刻，猴子显出了它们相当凶残的一面。它们的牙齿一旦咬住对方的要害，就是受到当头一棒，仿佛死也不会松口，仿佛宁肯同归于尽。那时猴的脸相，与咬住了猎物颈子的狼、狮、豹等猛兽的脸相没什么两样……

年轻的管理员看得目瞪口呆。

一只手轻轻拍在他肩上，是老管理员的手。

老管理员眼望笼中惨烈的自戕情形，慢条斯理地说：“好，很好。对于我们，这是再好不过的现象了。看我手上这道疤，猴子挠的。几年前，这群猴子中还有出色的猴王。是的，那是一只出色的猴。它攻击我，因为它很恨人。它恨人，因为人使它和它的猴群变成了供人观看的笼中之物。它以为成功地攻击了我，就可能率它的猴群夺门而逃了。

我挺钦佩那样的猴子，它那样证明它是一只向往丛林自由的猴子。瞧眼前这群猴子吧！它们中已不太可能产生那样的猴子了。它们相互攻击，撕咬，只不过是为了在笼子里的地位。几年前那一只出色的猴子，是被它的同类咬死的。我由于钦佩它，在动物园里选了个好地方把它埋了……"

一只比猴王更强壮的猴子，将猴王活活咬死了。当血从猴王的颈中射出，年轻的管理员转过了脸不忍看……

"现在，它们开始在它们的同类中树立敌人了。它们越这样，我们越容易成为它们的上帝了。对于我们，这是好现象，很好的现象……"

获胜的猴子，也就是新猴王，显得异常亢奋。它迅速地爬上树干的高处，又迅速地蹿下来，并不时地龇牙咧嘴。蹿上蹿下之际，不忘将猴臂从网眼伸出，抓取几颗果分抛给帮它夺得了王位的"有功之臣"。而那些毛上沾满了同类血迹的猴，则一只只围着树干蹦来蹦去，抓耳挠腮，显出无上荣光的猴子嘴脸。随后啃着果子，分别蹲踞在高高低低的树丫上了，像一只只秃鹫栖在高高低低的树丫上……

于是，在动物园里，在笼子里，那一棵朽树又一次易主了。

从此，这群猴子，以及它们的下一代，低级的头脑中更没有了丛林的概念，更没有了对自由的向往。

从此，当然地，年轻的管理员的职责简单多了，尽管猴群中的"战斗"仍时有发生。他认为，那些为笼中地位死了的猴子，是根本不值得他挖个坑埋的……

关于“孝”

——写给九十年代的儿女们

有位大二的文科女生，曾在写给我的信中问——“你们这一代以及上一代的许多人，为什么一谈起自己的父母就大为动容呢？为什么对于父母的去世往往那么悲痛欲绝呢？这是否和你们这一代人头脑中的‘孝’字特别有关呢？难道人不应以平常心对待父母的病老夭年么？过分纠缠于‘孝’的情结，是否也意味着与某种封建的伦理纲常撕扯不开呢？难道非要求我们中国人，一代又一代地背负上‘孝’的沉重，仿佛尽不周全就是一种罪过似的么？……”

信引起我连日来的思考。

依我想来，“孝”这个字，的的确确，可能是中国独有的字。而且，可能也是最古老的字之一。也许，日本有相应的字，韩国有相应的字。倘果有，又依我想来，大约因中国文化与日本文化和韩国文化的渗透有关吧？西文中无“孝”字。“孝”首先是中国，其次是某些亚州国家的一脉文化现象。但这并不等于强调只有中国人敬爱父母，西方人就不敬爱父母。

毫无疑问，全人类的大多数都是敬爱父母的。

这首先是人性的现象。

其次才是文化的现象。

再其次才是伦理的现象。

再再其次纳入人类的法律条文。

只不过，当“孝”体现为人性，是人类普遍的亲情现象；体现为文化，是相当“中国特色”的现象；体现为伦理，确乎掺杂了不少封建意识的糟粕；而体现为法律条文，则便是人类对自身人性原则的捍卫了。

在中国，在印度，在希腊，在埃及，人类最早的法案中，皆记载下了对于不赡养父母，甚至虐待父母者的惩处。

西方也不是完全没有“孝”的文化传统。只不过这一文化传统，被纳入了各派宗教的大文化。成为宗教的教义要求着人们，影响着人们，导诲着人们。只不过不用“孝”这个字。“孝”这个中国字，依我想来，大约是从“老”字演化的吧？“老”这个中国字，依我想来，大约是从“者”字演化的吧？“者”为名词时，那就是一个具体的人了。一个具体的人，他或她一旦老了，便丧失了自食其力和生活自理的能力了。这时的他或她，就特别地需要照料、关怀和爱护了。当然，这种义务，这种从人性的最温馨的本能出发的义务和责任，首先最应由他或她的儿女们来完成。正如父母照料、关怀和爱护儿女一样，也是从人性的最温馨的本能出发的义务和责任。源于人性的自觉，便温馨；认为是拖累，那也就是一种无奈了。

人一旦处于需要照料、关怀和爱护的状况，人就刚强不起来了。再伟大，再杰出，再卓越的人，再一辈子刚强的人，也刚强不起来了。仅此一点而言，一切老人都是一样的。一切人都将面临这一状况。

故中国有“老小孩儿，小小孩儿”一句话。这不单指老人的心态开始像小孩儿，还道出了老人的日常生活形态。倘我们带着想象看这个“老”字，多么像一个跪姿的人呢？倘这个似乎在求助的人又进而使我们联想到了自己的老父老母，我们又怎么能不心生出大爱之情呢？那么这一种超出于一般亲情之上的大爱，依我想来，便是“孝”的人性的根了吧？

不是所有的人步入老年都会陷于人生的窘地。有些人越到老年，无论在社会上还是在家族中，越活得有权威，越活得有尊严，越活得幸福活得刚强。

但普遍的人类的状况乃是——大多数人到了老年，尤其到了不能自食其力，丧失生活自理能力的人生阶段，其生活的精神和物质的起码关怀，是要依赖于他人首先是依赖于儿女给予的。否则，将连老年的自尊都会一并丧失。

寻常百姓人家的老年人，依我想来，内心里对这一点肯定是相当敏感的。儿女们的一句话，一种眼神，一个举动，如果竟然包含有嫌弃的成分，那么对他们和她们的伤害是非常巨大的。

老人对这一点真是又敏感又自卑又害怕啊。

所以中国语言中有“反哺之情”一词。

无此情之人，真的连禽也不如啊！

由“者”字而“老”字而“孝”字——我们似乎能看出中国人创造文字的一种人性的和伦理的思维逻辑——一个人老了，他或她就特别需要关怀和爱护了，没有人给予关怀和爱护，就几乎只能以跪姿活着了。那么谁该给予呢？当然首先是儿子。儿子将跪姿的“老”字撑立起来了，通过“孝”。

在中国的民间，有许许多多代代相传的关于“孝”的故事。在中国的文化中，也有许许多多颂扬“孝”的诗词、歌赋、戏剧、文学作品。

我认为——这是人类人性的记录的一部分。何以这一部分记录，在世界文化中显得特别突出呢？

乃因中国是一个人口众多的国家，是一个农业大国，是一个文化历史悠久的国家。

人口众多，老年现象就普遍，就格外需要有伦理的或曰“纲常”的原则维护老年人的“权益”。农业大国两代同堂三代同堂甚至四世同堂的现象就普遍，哪怕从农村迁移为城里人了，大家族相聚而居的农业传统往往保留、延续，所以“孝”与“不孝”，便历来成为中国从农村到城市的相当主要的民间时事之内容。而文化——无论民间的文化还是文人的文化，便都会关注这一现象，反映这一现象。

“孝”一旦也是文化现象了，它就难免每每被“炒作”了，被夸张了，被异化了，便渐失原本源于人性的朴素了。甚至，难免被帝王们的统治文化所利用，因而，人性的温馨就与文化“化”了的糟粕掺杂并存了。

比如“君臣”“父子”关系由“纲常”确立的尊卑从属之伦理原则。

比如《二十四孝》。

它是全世界唯中国才有的关于“孝”的“典范”事例的大全。想必它其中也不全是糟粕吧？我没见过，不敢妄言。

但小时候母亲给我讲过《二十四孝》中“王小卧鱼”的故事——说有一个孩子叫王小，家贫，母亲病了，想喝鱼汤。时值寒冬，河冰坚厚。王小就脱得赤条条地一丝不挂，卧于河冰之上……

干什么呢?

企图用自己的体温将河冰融化，进而捞条鱼为母亲炖汤。我就不免问：为什么不用斧砍个冰洞呢？母亲说他家太穷，没斧子。我又问：那用石头砸，也比靠体温去融化更是办法呀！母亲答不上来，只好说你明白这王小有多么孝就是了！而我们百思不得其解——倘河冰薄，怎么样都可以弄个洞；而坚厚，不待王小融化了河冰，自己岂不早就冻僵了，冻死了么？……“孝”的文化，摒除其糟粕，其实或可折射出一部中国劳苦大众的“父母史”。

姑且撇开一切产生于民间的关于“孝”的故事不论，举凡从古至今的卓越人物、文化人物，他们悼念和怀想自己父母的诗歌、散文，便已洋洋大观，举不胜举了。

从一部书中读到老舍先生《我的母亲》，最后一段话，令我泪如泉涌——“生命是母亲给我的。我之所以能长大成人，是母亲的血汗灌养的。我之所以能成为一个不十分坏的人，是母亲感化的。我的性格、习惯，是母亲传给的。她一世未曾享过一天福，临死还吃的是粗粮。唉，还说什么呢？心痛！心痛！”

季羡林先生在《我的母亲》一文中写道——“我这永久的悔就是：不该离开故乡，离开母亲”。我相信季先生这一位文化老人此一行文字的虔诚。个中况味，除了季先生本人，谁又能深解呢？季先生的家是“鲁西北一个极端贫困的村庄”。他的家更是“贫中之贫，真可以说是贫无立锥之地”。离家八年，成为清华学子的他，突然接到母亲去世的噩耗，赶回家乡——“看到母亲的棺材，伏在土炕上，一直哭到天明”。

季先生在文章的最后写道——“古人说：‘树欲静而风不止，子欲养而亲不待。’这话正应到我身上。我不忍想象母亲临终思念爱子的情况：一想到，我就会心肝俱裂，眼泪盈眶……我真想一头撞死在棺材上，随母亲于地下。我后悔，我真后悔，我千不该万不该离开了母亲……”

年近八十（季先生的文章写于1994年）学贯中西的老学者，写自己半个世纪前逝世的母亲，竟如此的行行悲，字字泪，让我们晚辈之人也只有“心痛！心痛！”了……

萧乾先生写母亲的文章的最后一段是这样的——“就在我领到第一个月工资那一天，妈妈含着我用自己劳动挣来的钱买的一点儿果汁，就与世长辞了。我哭天喊地，她想睁开眼皮再看我一眼，但她连那点儿力气也没有了”。

我想，摘录至此，实际上也就回答了那位九十年代的女大学生的困惑和——诘问。我想，她大约是在较为幸福甚至相当幸福的生活环境中长大的。她所感受到的人生的最初的压力，目前而言恐怕仅只是高考前的学业压力。她眼中的父母，大约也是人生较为顺达甚至相当顺达的父母吧？她的父母对她最大的操心，恐怕就是她的健康与否和她能否考上大学考上什么样的大学吧？当然，既为父母，这操心还会延续下去，比如操心她大学毕业后的择业，是否出国？嫁什么人？洋人还是国人？等等……

不论时代发展多么快，变化多么巨大，有一样事是人类永远不太会变的——那就是普天下古今中外为父母者对儿女的爱心。操心即爱心的体现。哪怕被儿女认为琐细，讨嫌，依然是爱心的体现——虽然我从来也不主张父母们如此。

但是从前的许多父母的人生是悲苦的。这悲苦清晰地印在从前的中国贫穷落后的底片上。

但是从前的儿女从这底片上眼睁睁地看到了父母人生的大悲大苦。从前的儿女谁个没有靠了自己的人生努力而使父母过上几天幸福日子的愿望呢？

但是那压在父母身上的贫穷与悲苦，非是从前的儿女们所能推得开的。

所以才有老舍先生因自己的母亲“一世未曾享过一天福，临死还吃的是粗粮”之永远的内疚……

所以才有季羡林先生“不该离开故乡，不该离开母亲”之永久的悔；以及“真想一头撞死在母亲的棺木上，随母亲于地下”之大哭大恸；以及后来“一想到，我就会心肝俱裂，眼泪盈眶”的哀思……

所以才有萧乾先生领到第一个月工资那一天，“妈妈含着我用自己劳动挣来的钱买的一点儿果汁，就与世长辞了”的辛酸一幕……

所以“子欲养而亲不待”这一句中国话，往往令中国的许多儿女们“此恨绵绵无绝期”。

中国的“孝”的文化，何尝不是中国的穷的历史的一类注脚呢？

中国历代许许多多，尤其近当代许许多多优秀的知识分子、文化人，是从贫穷中脱胎出来的。他们谁不曾站在“孝”与知识追求的十字路口踟蹰不前过呢？

是他们的在贫穷中愁苦无助的父母从背后推他们踏上了知识追求的路。他们的父母其实并不用“父母在，不远游”的“纲常”羁绊他们，也不要他们那么多的“孝”。唯愿他们是于国于民有作为的人。否则，我们中国的近当代文化中，也就没了季先生和老舍先生们了。中国的许多穷父母，为中国拉扯了几代知识者文化者精英。这一点，乃是中国文化史以及历史的一大特色。岂是一个“孝”字所能了结的?！老舍先生《我的母亲》一文最后四个字——“心痛！心痛！”道出了他们千种的内疚，万般的悲怆。使读了的后人，除默默地愀然，真的“还能再说什么呢”。放眼今天之中国——贫穷依然在乡村在城市四处咄咄逼人地存在着。今天仍有许许多多在贫穷中坚忍地自撑自熬的父母，从背后无怨无悔地推他们一步三回头的儿女踏上求学成才之路。据统计，全国约有百万贫困大学生。他们中不少人，将成为我们民族未来的栋梁。

老舍先生的“心痛”，季羡林先生“永久的悔”，萧乾先生欲说还休的伤感记忆，我想，恐怕今天和以后，也还是有许多儿女们要体验的。

《生活时报》曾发表过一篇女博士悼念父亲的文章。那是经我推荐的——她的父亲病危了而嘱千万不要告诉她，因为她正在千里外的北京准备博士答辩——待她赶回家，老父已逝……

朱德《母亲的回忆》的最后一段话是——“使和母亲同样生活着（当然是贫苦的生活）的人能够过一个快乐的生活，这就是我所能做的和我一定做的”。

只有使中国富强起来，才能达此大目标。只有使中国富强起来，中国历代儿女们的孝心，才不至于泡在那么长久的悲怆和那么哀痛的眼泪里。

只有使中国富强起来，亲情才有大的前提，才是温馨的天伦之乐；儿女们才能更理性地面对父母的生老病死；“孝”字才不那般沉重，才会是拿得起也放得下之事啊！

而我这个所谓文人，是为那大目标做不了一丝一毫的贡献的。能做的国人，为了我们中国人以后的父母，努力呀！……

关于不幸、不幸福与幸福

希腊神话中有所谓“美惠三女神”，她们妩媚、优雅、美丽，乃三姐妹，都是宙斯的女儿。一位是优芙洛尼亚，意为欢乐；一位是塔里亚，意为花朵；还有一位是阿格拉伊亚，意为灿烂。她们喜爱诗歌、音乐和舞蹈。一言以蔽之，人类头脑中的文艺灵感，得益于她们的暗示、启发和引领。故她们也往往被称为“美惠三女神”。除了她们，希腊神话中还有所谓“复仇三女神”，“梦境三女神”，也都是三姐妹。而在美术创作中，有所谓“三原色”之说，即红、黄、蓝。

我想这么比喻——不幸、不幸福与幸福，也如同我们大多数人之人生的“三原色”，也如同我们大多数人之人生每将面对的“三女神”。她们同时出现在我们人生某阶段的情况极少，但其中两姐妹接踵而至甚至携手降临的现象却屡屡发生，于是有否极泰来、乐极生悲一类词。比如：苏三的人生可谓是否极泰来之一例，范进的人生可谓是乐极生悲之一例。

我将不幸、不幸福、幸福比作我们大多数人之人生的“三原色”，并非是指以上三种人生状况与红、黄、蓝三种颜色有什么直接关系，我的意思是——如同“三原色”可以调配出“七常色”及“十二本色”；不幸、不幸福、幸福三类人生状况，几乎是各种各样的人生的“底色”。世界非是固定不变的，人生更是如此。“底色”只不过是最初之色。

我认为构成人生不幸的原因主要有如下方面：

1. 严重残疾与严重疾病。

2. 贫困。

3. 受教育权利的丧失。

4. 由而沦为社会弱势群体。

5. 又由而身为父母丧失了抚育儿女的正常能力，身为儿女竟无法尽赡养父母的人伦责任……

也许还有其他方面，我们姑且举出以上几方面原因。

在以上原因中，有个人命运现象，比如先天失明、聋哑、智障、患白血病、患癌等。也有自然生存环境和社会苦难造成的群体命运现象，比如血吸虫病、瘟疫、艾滋病、战争造成的伤残与疾病……

一个人的严重残疾与疾病，每每是一个家庭的不幸。一个群体的不幸，当然也应视为一个民族一个国家的不幸。个人的不幸命运既需要社会来予以关怀，也需要个人来进行抵抗。

海伦·凯勒、霍金、保尔、罗斯福，他们证明了人生底色确实是可以一定程度地改变的，有时甚至可以改变得比成千上万正常人的人生更有声有色。

但不论怎样，不幸是具有较客观性的人生状况。这世界上没有人因残疾和疾病反而有幸福感。而某些自认为很不幸的人之所以并不能引起人普遍的深切同情，乃因他们的不幸不具有较客观的标准。所以我们才未将失恋也列入不幸范畴，尽管许多失恋的少男少女往往痛不欲生，自认为是天下第一不幸，第一值得同情者。当然，于连是有几分值得同情的，因为他的失恋也反映了一种社会疾病，那就是社会所公开维护的等级制。

我们中国的当下主流传媒有一大弊端，那就是——讳言贫困、落后、苦难和不幸，却热衷于宣传和炒作所谓时尚的生活方式。似乎时尚的、时髦的甚至摩登的生活方式，便是幸福的生活。而能过那种生活的人，在全世界任何一个国家都是少数。如此这般的文化背景，对新一代成长中的人，几乎意味着是一种文化暗示，即幸福的人生仅属于少数不普通的人；而普通人的人生是失败的，令人沮丧的，难有幸福可言的。

除了文化的这一种不是成心却等于成心的错误导向，我们国家十三亿人口的实际生活水平也是每使普通人感觉不幸福的原因。普通人这一概念在中国与在西方国家是不一样的。在中国，即使是在北京、上海等大城市，普通人及普通人家的生活水平其实也是非常脆弱的。往往是一人生病（这里指的是重病），全家愁苦，甚而倾家荡产。现在情况好了一些，公费医疗、医疗保险等社会福利保险制度有所加强，但仍处于初级阶段。粮食一涨价，人心就恐慌，猪肉一涨价，许多普通人家就奉行素食主义了，而目前的房价，使许多普通人家的八零后一代拥有自己住房的愿望几成梦想……

这使新一代都市年轻人，看在眼里，心生大虑，唯恐自己百般努力，却仍像父母辈一样，摆脱不了普通人的命运。

如果将大学学子、研究生们与进城打工的农村儿女相比较，结果是十分耐人寻味的——如果非是家境凄凉或不幸，只要有钱可挣，后者的日常快乐反倒还会多一些似的。

日常快乐的多少也往往取决于性格，不见得就是实际生活幸福程度的体现，好的性格能够大大削弱感觉人生不幸福的烦恼。

为什么那些农村儿女们的日常快乐反而会多一些似的呢？乃因其之于成为大学学子、研究生们的都市青年对不幸见得较多，知得较多，接触得较多。而他们对所谓幸福的企求又是较低的，较实际的。还有一点也至关重要，那就是，他们的人生是有"根据地"的，是有万不得已的退路的，即他们来自的农村。那里有他们的家园，有亲情和乡情，那里乃是没有什么生存竞争压力的所在。

而前者们却不同，如果是城市青年，则他们没有什么"根据地"，退回到家里就等于是失业青年了。如果是农村青年，则从怀揣录取通知书踏上求学之路那一天起，就等于破釜沉舟地踏上一条不归路了。他们从小学到高中以毅忍之心孜孜苦学，正是为的这样一天。如果他们考入的还是北京、上海，那么在他们的思想意识里，不但没有了什么退路，简直还没有什么别路了。那种留在北京、上海的决心，如同从前的节妇烈女，一厢情愿地从一而终，一厢情愿地为自己的"北京之恋""上海之恋"而"守节"。这一种决心，是非常可以理解的。因为在常人看来，在北京，在上海，一个受过大学高等教育的人，终于成为不普通之人的可能性仿佛比别处多不少。即使到底还是没有不普通起来，但成了北京和上海这等大城市里的普通人，似乎那也还是要比别处的普通人不普通。这一种普通而又不普通的感觉追求，往往会成为一种“亚幸福”追求。但这一种决心有时候也是可怕的——因为对于人生，还是多几种生存、发展的选择好一些，还是有退路的状态好一些。我这里说的退路，当然不是指农村。大学生、研究生回到或去到农村当农民，是知识化了的人力资源的浪费。但除了北京和上海，中国另有许多城市，尤其南方城市，其发展也是很快速的，对年轻人而言，人生机会也是较多的。

总而言之，我的意思是，不幸福的人生感觉人人都会常有，是生存竞争压力对人的心理造成的负面感觉。不同的人面临不同的生存竞争压力。但有时候，也与我们对人生的思想方法有关。如果能提前对人生多几种考虑、打算、选择，也许人生的回旋余地会大一些，压力会小一些，瞻望前途，会相对的乐观一些。那么，不幸福的感觉，自然会相对少一些……

谈到幸福，有些人肯定会和我一样，联想到《安娜·卡列尼娜》开篇的那一句话——“幸福的家庭都是相似的，不幸的家庭各有各的不幸”。是否也可以这样说呢？——幸福的人都是相似的，不幸的人各有各的不幸。

我个人认为，幸福的人一定是生活在幸福的家庭里。我至今还不曾认识过一个生活在不幸福的家庭里但自感很幸福的人。曾经生活在不幸福的家庭里，但后来另立门户，拥有了自己的小家庭以后，人生开始幸福了的人是有的。但前提是——他或她的小家庭，必是一个幸福的小家庭。

或曰：幸福只不过是一种感觉。此话对矣，但不够全面。确乎，幸福和不幸福一样，主要是一种心理感觉。然而人的心理，通常不会无缘无故地产生感觉，心理感觉更多的情况下是客观外界作用于主观的反映。如果说不幸福之感觉往往是与直接的客观外界的影响有关系，那么幸福的感觉像不幸的感觉一样，更是与特别直接的客观外界的实际状态有关系。也就是说，幸福像不幸一样，是由某些普世于人心的方面组成的。

我们已经说过，幸福的人，肯定有幸福的家庭。幸福的家庭，理论上肯定是人人健康，家庭关系和睦，夫妻恩爱，手足情深，家风良好，并由而受人尊敬的。一个有着这样家庭背景的人，他或她还须是起码具有大学文化知识的人。而且他所从事的职业，恰恰是符合他理想的，他很热爱的职业。这一种职业，一般而言，还要有较高的工资和较有社会地位的特征。于是他本人的爱情和婚姻不但是一帆风顺的，还是如愿以偿的。他们的小家庭起码是富裕的，当然应拥有宽敞的住房与一辆准名牌私车。他们的孩子是漂亮的、聪明的，将来肯定有出息甚至青出于蓝而胜于蓝……

由是而论，我们不难看出，文化知识程度较高的人，比之于文化知识程度较低的人，对幸福指数的企求也是高的，即使口头上说自己只不过心存某些一般的幸福要求，综合起来，那些一般的幸福要求已是很不一般太不一般了。更有的时候，甚至会将幸福误解为一种人生的完美状态，因而似乎应包含一切人生的美好。而实际情况却是——

世界上只有极少极少数人的人生是接近完美的幸福的人生。

如果将人的一生比作由一点开始画起的一个圆，那么只有极少极少数人的人生画得接近标准的圆形。有些人的人生仅仅是半圆，或一段弧。大多数人的人生，画成了一个圆，但却是像蚀缺时的月亮似的圆。

我个人认为，能将人生画成一个近似的圆，那委实已经该算是不错的人生了。一个人的人生，只要在以上几条中实现了两条，比如有一个比较和睦的家庭和比较美满的婚姻，他或她就有理由感觉幸福多一些，感觉不幸少一些了。而居然实现了三四条，几乎可以说，他或她真的就是一个幸福之人了。

家庭和睦，手足情深，亲人健康，工作稳定，收入能够满足一般消费，月有节余，哪怕很少……这是一般普通人的幸福观。他们既为普通人，却并不沮丧于普通的人生，反而善于在普通的人生中企求普通的幸福，并珍惜之。

这样的一种人生态度，是否也可以给尚处于人生的一无所有阶段，但希望过上幸福生活的大家一点儿关于幸福的另类参考呢？